U0918849

全民阅读书香文丛

风吹书叶

钱军◎著

上海科学技术文献出版社

图书在版编目（CIP）数据

风吹书叶 / 钱军著．一上海：上海科学技术文献出版社，2016.4

（全民阅读书香文丛 / 徐雁等主编）

ISBN 978-7-5439-6943-8

Ⅰ．①风…　Ⅱ．①钱…　Ⅲ．①随笔一作品集一中国一当代　Ⅳ．①I267.1

中国版本图书馆 CIP 数据核字 (2016) 第 027151 号

责任编辑：胡欣轩　王茗斐
封面设计：许　菲

丛书名：全民阅读书香文丛
主编　徐　雁　宋旅黄　王宗义
书　名：风吹书叶
钱　军　著
出版发行：上海科学技术文献出版社
地　　址：上海市长乐路 746 号
邮政编码：200040
经　　销：全国新华书店
印　　刷：上海中华商务联合印刷有限公司
开　　本：787×1092　1/32
印　　张：7
字　　数：123 000
版　　次：2016 年 4 月第 1 版　2016 年 4 月第 1 次印刷
书　　号：ISBN 978-7-5439-6943-8
定　　价：25.00 元
http://www.sstlp.com

序

徐　雁

农历立春前夜在外秦淮河畔的一次雅集中,我和在场的友人们都获得了钱军君分赠的新年礼品——写在大红纸上的“福”字,令人惊喜。

钱君是江苏泰兴人,1986至1990年求学于南京大学图书馆学系。毕业后至南京邮电大学工作,并自2004年起在职攻读南京大学信息管理系图书情报专业,获得博士学位。见其暇日多临汉碑,兼学汉简。其隶书善用中锋,略具行书笔意,书风率性、松快而又不失自然本真。以往见过他为若干高校图书馆编印的阅读推广导刊导报如《书林驿》、《吴风书韵》、《中原书廊》、《原样》等所题之签,及其所书南京邮电大学图书馆馆训——“知书达理”,莫不雅致而有书卷之气。钱君现为南京邮电大学图书馆馆长,兼任江苏省高校图书馆工作委员会现代技术专业委员会副主任、中国图书馆学会图书评论专业委员会主

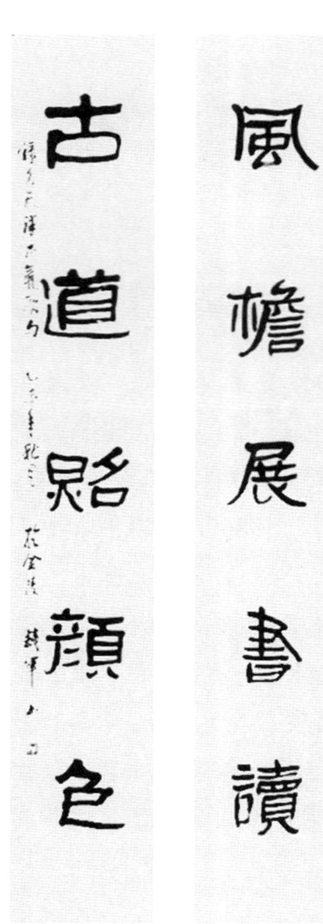

隶书文天祥正气歌诗句对联，钱军书
风檐展书读，古道照颜色。

任等。主要研究方向为图书馆管理、知识管理与竞争情报、家庭藏书与全民阅读等。编著有《藏书》(辽宁教育出版社1998年版)、《知识管理案例》(东南大学出版社2002年版)、《情报分析的认知理论与方法》(深圳报业集团出版社2009年版)等。

我与钱君的相识，有着一段因书结缘的故事。二十多年前，我从北京调至南京大学出版社工作后，即创意策划编纂起《中国读书大辞典》(王余光、徐雁主编，南京大学出版社1993年版)来。该书稿在起意发凡之后，在南京、武汉、北京、苏州等地撰稿友人的积极支持下，卷帙日益浩繁，初稿接近二百万字，亟需助理襄助，于是当时尚在校学习的陈亮君推荐了他的学兄钱军一起来担任

"本书编务"。或补撰词条，或校对文稿，好学有才的钱、陈二君，给主编们留下了良好的印象。

编纂《中国读书大辞典》的过程，奠定并开启了我们之间友好往来和精诚合作的基础。譬如说，我曾与钱君联名主编过《中华读书之旅》三星卷（海燕出版社2002年版）。该书针对的是高中文化程度的读者，但初版印行了五千册之后，一直没有被重印的消息，可见早在二十一世纪初，所谓"课外阅读"就已是被中学生们所冷落的"知识大餐"了。

近年来，随着"国民阅读率"进行性降低的问题，备受媒体的关注和有识者的焦虑，我与钱君们不断研讨，日益形成了"全民阅读的希望在于下一代，全民阅读推广贵在从学生抓起"的共识，因而在校园阅读推广工作方面颇为用力，时有合作。我们期待，以"书香"引领"学习型图书馆"和"学习型校园"的建设，极大地提升现代化校园的学风和文风乃至人文、科学氛围的浓厚度，为未来"创新型人才"的培育夯实坚实的学习基础。为此，钱君与我一起多次跨东越西，走南闯北，参与全国性的阅读论坛和研讨会，指导有关学校的校园阅读推广工作，并应邀做一些阅读推广报告，受到了听众们的好评和欢迎。

春自寒夜立，风吹书叶齐。《风吹书叶》是钱君从事高校图书馆业务工作以来的部分随笔文章结集。书稿分为"书斋风铃""书林采香""书签在册"三辑，分别收录了他有关藏书、书籍版本，有关阅读、图书评论和校园阅读推广，有关人物传记及“书之书”等优良读物的书评文章，内容丰富而主题明晰，展现出了作者的读书价值观和人文阅读理念。其所提炼并总结出的“阅读炼精神”、“阅读滋养慧根”、“阅读乃图书馆之魂”、“生活需要‘读书+’”等不无新意的说法，所呼吁并倡导的“馆员书评”、阅读推广导刊导报的编印等，我都非常认同并赞赏，故乐为之序，以为推介。

2016年1月3日于金陵江淮雁斋

目　录

中辑　书林采香

下辑　书签在册

上辑　书斋风铃

藏书印的起源

藏书印（ownership seal），又称藏书章，是藏书者用以表明图书所有权和表达其个性情趣的一种印记。藏书印在中国、日本比较通行。

藏书印在中国的出现，大抵是随着纸本书的出现、印章艺术的发展以及图书典藏活动的兴起，而逐渐形成与发展起来的。西汉时期，我国就出现了藏书印。

不过，那时的藏书印与一般的收藏印并没有明显的区别。“某某珍藏”“某某秘玩”之类的印记，往往并不是专门为图书而设计的。一般收藏家的收藏印章一般被认为是藏书印的前身。唐太宗的“贞观”二字连珠印，玄宗“开元”二字连珠印，都曾盖在御府图书之上，是鉴赏章的滥觞。其后如南唐李后主的建业文房之印，宋太祖的秘阁图章之印，徽宗的宣和御印，都是著名的官家收藏印鉴，也就是较早的一批藏书印。

私人方面的藏书印，据唐张彦远《历代名画记》载，东晋仆射周顗已有藏书印“周顗”，梁朝徐僧权有藏印“徐”。较早的再如李泌的“邺侯图书刻章”，苏东坡的“赵郡苏轼图籍”印，王晋卿的“晋卿珍秘”印，苏舜钦的“佩六相印之裔”等印，贾似道的“秋壑图书”等印，也都是一般的书画鉴藏印，同时也是他们的藏书印。据《观古堂藏书十约》记载，一本宋本《孔子家语》，因钤有苏东坡折角玉印，于是价重连城。

藏书印的钤盖，有一定的规律。比如，最主要的一方藏书印一般钤印在一部书正文第一页的下方。对线装书而言，即著者或编纂者的姓氏的下面，以贴近书脊的边框内为宜。原因是这地方是一本书的真正开始，且不易破损或脱落。如果书边特别宽大，书框特别小的，则不必一定钤在框内，也可以钤在框外；若再有其他的藏书印，则每一册的正文最后一页的下角，往往盖上一方压卷。再有，则分别钤在位于“目次”前的序文的前后和扉页版框的空白处，地位总以贴近下角为宜。无论是线装本或铅印的平装本，总不宜在封面上加盖印章；图书流传愈久，上面的藏书印也就愈多，这时自己的藏书印依次盖在最上的一方之上，以示收藏流传的先后顺序。如果下角仍有空白，则仍以钤在下角为宜。实在没有空隙可寻的，则移至书眉卷尾，以免龃龉。也可根据印章的大小、朱白，灵活使用。

藏书印制作与使用的情况，是与我国印章艺术的发展和图书典藏活动的兴衰密切联系的。比如在材质的选择上，“古时印材多用铜，尤精者则用玉或有用金银者，以别品级贵贱耳。及元代王冕元章，始以花乳石作印，一时文人，以其易于受刃，竞相采用，于是石印始大昌于世。”(邓散木《篆刻学》)及至明中叶以后才开始有青田、寿山、昌化等各种石章；宋以前均用水印，以水调朱，使之既浓又黏，元代用油朱调艾，到清代乾隆时期，开始用八宝印泥；使用藏书印的风气，唐宋藏书家使用藏书印的较少，而且藏书家并不为每一本入藏图书都加盖藏书印，到了明清以后，藏书印有了较为定型的格式，不少藏书家才拥有专门的藏书印，而渐成习尚，乃至普通的书香之家、文人学者，都拥有了各自的藏书印，有的还不止一枚，甚至多达上百枚。

民国藏书印

藏书印发展到清末民初，藏书界使用藏书印的风气日益浓厚，藏书印不仅有了较为定型的格式，更是受到普通书香之家和文人学者的喜爱。这一时期的藏书印，有的很有时代特色。如郑振铎（1898—1958）的藏书印“长乐郑振铎西谛藏书”印，系著名学者魏建功制作，全印用通行的简化汉字，在一般藏书印中是不多见的；大力倡导白话文运动的胡适（1891—1962），常在他的藏书上盖有“胡适的书”这样一枚白话藏书印，极其通俗，也在当时引起了不小的轰动。另外，缪荃孙（1844—1919）的“缪荃孙藏”印，徐乃昌（1868—1936）的“积学斋”印、“积学斋徐乃昌藏书”印，袁克文（1890—1931）的“寒云秘笈珍藏之印”等，虽只是一般的名章和鉴赏章，但印面字体不是篆书，而用严谨的正书，在以往的藏书印中是极其少见的；还有同一印中阴文、阳文并用的。如叶德辉（1864—1927）的“叶德辉”印，“叶”字为阴文，“德辉”二字为阳文。“臣德辉”印中的“臣”字是阴文，“德辉”二字为阳文。都很别致。

这一时期的藏书印，就其印文内容而言，大致可以分为五个类型。即名章、鉴赏章、训诫章、闲趣章和肖形章。

1. 名章

名章是藏书印中最常见的一种，它表示着书籍的归属。其中官方藏书机构的藏书印称公章，从古代的官府藏书机构如文源阁、文津阁等，到近现代各种类型的图书馆，大都拥有藏书章。它们一般盖在书名页的下方正中，有的单位还在书中固定的某一页和最后一页的下方正中，各加盖一个章。期刊和其他资料则将藏书章盖在封面上。内容往往是“某某馆藏书”“某某馆藏刊”，形状大多是长方形、正方形或椭圆形，有的藏书章还有入藏日期和图案。

私人藏书名章的情况要复杂一些，可以细分为姓名章、别号章、斋名章、官名章等。明代的私人名章一般比较简单，一般只包括一名一姓，或一名一字，或直接将书斋名刻于一印。清代以来的藏书家则多将郡望、姓名、表字、籍贯等合刻在一起，从而使印面字数增加。如刘承干（1881—1963）的“刘承干字贞一号翰怡”印，即有九个字。著名学者叶德辉对这种现象很是不以为然，他认为印面以四五字为宜，宋、元藏书家只钤用姓名或别号或斋名的做法，才是正宗的，所谓“去闲文”者也。

不过，即使清末民初甚至近现代以来，这样字数较多的私人名章仍然很多。其中有姓名与斋名合刻于一印的，如徐乃昌的“积学斋徐乃昌藏书”阳文楷书印；有姓名加籍贯的，如缪荃孙的“江阴缪荃孙藏书处”印，康有为（1858—1927）的“南海康有为印”；有的再加上斋名的，这时往往只用姓不用名。如刘承干的“吴兴刘氏嘉业堂藏书印”；有的藏书家有多个藏书处，于是将它们合刻于一印并说明其分工的，如叶德辉有一印“长沙叶氏郎园藏书处曰丽楼藏金石处曰周情孔思室藏泉处曰归货斋著书处曰观古堂”；有的在名章中还加上吉语，如叶德辉的“德辉长寿”印，梁启超（1873—1929）的“任公长寿”印。

当然，由于受时尚的影响，大多数藏书家的常用藏书印，其印面文字开始减少。叶昌炽（1849—1917）常用的“叶昌炽”印、“昌炽”印、“鞠常”印、“硕果堂”印，周越然（1885—1946）常用的“越然”印，刘承干常用的“刘翰怡印”、“求恕居士”印、“嘉业堂”印等都只有三四个字。有的则走向另一个极端，只有一个字，只用姓或名。如现代文学史家刘半农（1891—1934）就在藏书上仅盖一个大“刘”字。傅增湘（1872—1949）的“傅”印，沈曾植（1851—1922）的“沈”印、“植”印都分别是单用姓或名。

名章中还有一种寓名章，即不直接写出姓名，而是通过印面文字蕴涵其名。清末的八千卷楼丁氏兄弟藏书印就是这种类型。他们分别使用“强圉涒滩”和“强圉柔兆”。二印中的“强圉”为太岁纪年法中的岁阳名，相应于天干中的“丁”，为丁氏的姓。“涒滩”则为岁阴名，相应于地支中的“申”；“柔兆”为岁阳名，相应于天干中的“丙”。所以，“强圉涒滩”合为“丁申”，“强圉柔兆”合为“丁丙”。再如，著名学者、书画家启功先生，就有一枚“功在禹下”的印章。禹的儿子是启，所以“禹下”即“启”，而“功”又在“禹下”，于是就成了“启功”先生的大名了。鉴赏这种寓名章，要具有一定的历史文化知识，否则，即使识得印面的文字，仍可能不知所云。

2．鉴赏章

鉴赏章也是常见的传统藏书印。据叶德辉《书林清话》记载：“毛氏于宋元刊本之精者，以宋、元本椭圆式印别之，又以甲字钤于首。”毛晋（1599—1659）的“宋本”“元本”“甲”三印就是典型的鉴赏章，直接记录了鉴赏结果。毛氏以后，历代都有模仿者。清末民初以来的藏书家更是发展了这种印记。

这类鉴赏章，若缕析之，约略可细分为偏重于鉴和偏重于赏的两类。

偏重于鉴的如：校订、考订、审定、鉴定、秘玩、珍秘等，有的则直接记录鉴定结果，如善本、宋本、元本、孤本等。

偏重于赏的如：珍藏、鉴藏、鉴赏、藏书、清赏、珍赏、心赏、阅过、曾阅、曾藏、读过、曾读、过目、过眼、经眼、眼福等。

一般说来，鉴赏章都表示了藏书家对图书的品评、赏鉴，或者对图书的珍爱，洋溢着浓郁的爱书之情。徐乃昌的“积余秘笈识者宝之”印、“南陵徐乃昌刊误鉴真记”印，邓邦述（1868—1939）的“钞本”楷书印、“校本”楷书印，刘承干的“乌程刘承干读过之书”印等，读来都让人为之心动。

鉴赏章还有加上鉴赏时间的，如著名作家茅盾先生的一方“玄珠六十八岁后所读书”印章；还有记述访书地点或经历的，如杨守敬（1839—1915）曾于光绪六年至十年随黎庶昌出使日本，收罗放佚，写成《日本访书志》十七卷。杨氏便精心地在每一本书上钤上“杨星吾日本访书之记”，以记其事；有的则记录了藏书的来源，如叶昌炽的“吴郡叶氏访求乡先哲遗书记”印。

3．训诫章

在传统藏书印中，训诫章是占有较大比重的一种。对于官家藏书来说，其所刻内容主要是希望读者遵守的某些规则。如《天禄琳琅书目》卷一著录的《春秋公羊经传解诂》，原是鄂州州学的官书，上有训诫章云：“鄂泮官书，带去准盗！”意即把书带走，将与盗贼同等看待，是很严肃的。

古代的私人训诫章中，内容大多数是对后世子孙永保其书的期望。如毛晋的“毛氏藏书子孙永宝”“毛氏图史子孙永保之”等。这种希望子孙永远读书或永远保存先人藏书的狭隘观念，是藏书楼时代的大多数藏书家的主流思想。叶灵凤称其是“非常迂拙的愿望”，唐弢说“这种措词不但今天看来十分无聊，即在当时，钤在书上，其实也是大煞风景的事”。

训诫章中也有颇见风雅情趣的。吴骞“拜经楼”珍藏的宋咸淳《临安志》，上面有吴氏的藏书印，其文句云：“寒无可衣，饥无可食，至于书不可一日失，此昔人诒厥之名言，是为拜经楼藏书之雅则。”显示出吴氏对书的珍爱，只是这样的训诫章并不多见。

民国初期，藏书开放思想已经日益深入人心，所以，训诫章已开始退居次要的地位，很少有藏书家在自己的藏书上加盖这些印记。袁克文的“与身俱存亡”印、丁福保（1874—1952）的“耕读传家”印等，虽然不失藏书家的本色，但在民国五彩缤纷的藏书印世界里，也显得被淹没了。

4．闲趣章

所谓闲趣章，即这种印章只是抒发一下个人的心迹，于图书并无多大的实际意义。有的是抒发对读书人生活的感慨，如丁福保的“寒灯独自吟”等；有的抒发中国儒家所提倡的淡泊情怀，如王大隆（1901—1966）的“兰泉涤我襟衫月栖我心”、丁福保的“登山临水或啸或歌”等印。

但闲趣章于藏书毕竟没有多少实在的意义。所以，叶德辉在《藏书十约》中说："明季山人墨客，始用闲章，浸淫至于士大夫，相习而不知其俗……"可见，闲趣章的使用并不是很受欢迎的，甚至被认为是粗俗之事。民国藏书家中使用这类印章的也并不多见。

5．肖形章

肖形章古已有之，据邓散木在《篆刻学》一书中说："虽其时代未可确断，要为三代古物无疑。"藏书家使用肖形章，清末的陆心源（1834—1894）是较早的一位。该印印面主体是陆氏的肖像，上面一行是篆书"存斋四十五岁小像"八个小字。这种图文并茂的艺术格局，与西方的藏书票已十分相似。袁克文也有一枚，印面主体是袁氏潜心展读线装书的情景，上部是"皕宋书藏主人廿九岁小景"十一个篆书小字。这两枚肖形章的主体都是藏书家本人的肖像。

此外还有一种肖形章，其印面的肖像是龙、凤等动物，或其他图案，另外镌刻有藏书家的姓名、字或斋名。叶昌炽的"叶昌炽"印，叶德辉的两枚"德辉"印、一枚"丽楼主人"印、一枚"焕彬"印，都是这样的。叶德辉还有一枚"臣德辉"印，印面四周是头尾相接的龙，中部的"臣"为朱文，"德辉"二字为白文，别有情趣。

西洋藏书票小史

欧美的图书收藏者则喜用藏书票(ownership stamp)。所谓藏书票，与藏书印一样，也是用以标明书籍持有的标志之一。不同之处在于，藏书印直接捺在书上，而藏书票则把印就的小票贴在图书的某处；藏书印向来钤在正书第一面的下角，藏书票则大都是贴在书面的里页；藏书印主要用文字来表现，藏书票用文字和图画共同表现。如果把藏书印盖在纸上，然后再剪下贴在书上，便也成了藏书票，又叫签条(book label)。藏书票与签条的分野在于，有画的叫藏书票，只刻字的叫签条。

同样作为书籍持有者的标识，藏书票的历史比起源于我国的藏书印晚了800多年。至于为什么藏书印起源于中国，而藏书票起源于欧洲，唐弢先生是这样估计的："大抵线装书纸质柔润，便于钤印，洋纸厚硬，也就以加贴藏书票为宜。"(《藏书票》)叶灵凤先生也认为："西洋书多是硬面的厚册，适宜于粘贴，正如软薄的线装书纸张适宜于钤印一样。"(《藏书票与藏书印》)

据记载，藏书票起源于欧洲，出现于文艺复兴时期。关于目前所能见到的最早的藏书票，日本学者斋藤昌三认为是贴在德国希尔德布兰特·布兰登堡（Hildebrand Brandenburg）赠给布赫海姆（Bwxheim）卡尔图则（Carthusia）修道院的书里的那件，时间是1480年左右。叶灵凤、唐弢、李桦等人也作如是观，并描述画面为一个天使手捧盾牌，盾牌上图腾似牛非牛。日本《简明出版百科词典》（日本《出版事典》编辑委员会编纂，中国书籍出版社，1990年版）还在"藏书票"的条目中称其"是木版印刷的"。但《中国大百科全书》"图书馆学卷"（中国大百科全书出版社，1993年版）的"藏书票"条目认为，现存最早的藏书票是德国人1450年制作的，提前了30年，只是语焉不详。倒是香港董桥先生在《藏书票史话》一文中介绍得更为具体："最早的一张藏书票，制作年份大约是1450年，德人 Johannes Knabensberg 所有。署名 Igler：刺猬；是木刻画，五英寸半大小，画的是一头刺猬嘴里衔一枝野花，脚踩落叶，上面一绺缎带写一行德文，……意谓'慎防刺猬随时一吻'。"但需要说明的是，1450年这个年份也是后人推算出来的，因为这年是活版印刷术问世的一年。"刺猬藏书票"和"天使藏书票"孰先孰后，实际上已没法考证清楚。

日本的《简明出版百科词典》同时认为"天使藏书票"是"最古的"，唐弢先生也认为："欧美藏书票的发现，以德国为最早。”但斋藤昌三认为:“据文字记载,最早创作并发行藏书票的是15世纪意大利人埃尔赫顿·拉唐特(Erhard Ratdolt),当时他采用的是木版印刷。”(《藏书票的起源和发展》)遗憾的是他没有指明“文字记载”的出处。斋藤昌三还猜测“藏书票可能从那时起便被社会所承认并流行开来了。”

如果斋藤昌三的立论是有依据的,那么,最早的藏书票就是诞生在意大利的了。但事实上,藏书票几乎是同时在欧洲各国得到共同发展的。在藏书票上注明图书的门类和代号,或者用不同的书票来按类分图书,是藏书票派生出来的功能。最早用藏书票来给图书分类的是15世纪的德国;在法国,1529年杜尔·布朗士(Tour Blanche)使用了藏书票,可能那个时候藏书票就已经在该国流行了;英国有的藏书票是赠书者的纹章,据说目前已发现1515—1534年间的藏书票。另外,藏书票爱好者成立的各种组织,也几乎是同时在欧美各国得到发展的。这样的组织,法国最早成立于1894年,英国、德国和美国最早成立于1896年,澳大利亚最早成立于1902年。从17世纪到19世纪,藏书票在欧美各国几经变迁,屡兴屡衰。西欧有些贵族为了显示身份和地位的高贵,开始特请艺术家专为自己刻制代表其家族姓氏和家徽的藏书票。从19世纪开始,藏书票则落到了平民的手里,成为一般读书人的宠物,许多喜爱藏书的知识分子都有自己的藏书票。同时，藏书票也成为学术研究的目标，诞生了一些有分量的藏书票著作，如法国人泼列·马西尔（A. Poulet-Malassis）的《法国藏书票》（*Ex-Libris Frncais*）一书于1875年问世，英国人华伦（J. Leicester Warren）的《藏书票指要》（*A Guide to the Study of Bookplates*）于1880年写成。华伦最早按照美术风格有系统地将藏书票分类，借此推断各藏书票的年代。这些都标志着藏书票艺术发展到了黄金时期。

华伦粗略地将英国17世纪的藏书票分为四大款式：1. 都铎王朝款式（Tudorespue Style）：英国历史上都铎王朝执政从1485年到1603年为止，都铎王朝款式的藏书票则到最后一位都铎君主逝世之后还在沿用。2. 卡洛琳款式（Carolian Style）：英国17世纪中叶英王查尔斯一世及二世在位时期的藏书票款式，纸卷和树叶交织成旋涡花饰圈住纹章是其特色。3. 图画藏书票（Pictorial Bookplate）：有的在藏书票中镌入本人画像，有的画面则是风景、书斋摆设等。4. 早期纹章款式（Early Armorial Style）：17世纪末叶成为藏书票的主流款式，一直到1720年左右才式微。当年这些藏书票印出来之后往往还染上颜色。华伦主要是从艺术风格的角度归纳的，大体上道出了这一时期藏书票的共同点。

各种藏书票的组织，是随着藏书票艺术的逐渐兴盛和普及而形成的。藏书票艺术大抵具有民族特色，从中可折射出一个国家、一个民族的文化性格与特色。据唐弢先生分析，“德国的藏书票带着浓重的装饰风格，构图谨严，风靡一时。意、法等国流行路可可（Rococo）式的藏书票，花纹华丽，和17世纪的建筑物相似，后来风格渐变，只有人体图案仍极常见，间有以钢笔成画者，和传统的方式不同。不过流风未歇，所受德国旧时藏书票的影响还很显著……英国素喜保守，图案单纯，缺乏变化。美国后起，到现在藏书票虽极普及，但在形式上仍不能超越欧洲各国，有时以抽象派的画缩印在藏书票上，衍异猎奇，似不足取。”正因为藏书票独特的艺术魅力，所以被人们誉为“纸上宝石”，欧美各国也出现了许多书票收藏家和专门收藏书票的博物馆，以及形形色色的藏书票协会。

藏书票收藏组织对藏书票的创作起到很大的推动作用，有些组织甚至不惜重金发行专刊，努力推进藏书票艺术的发展。比如，“美国藏书票协会”式微之后，继起的“美国藏书票收集家与设计家协会”就出版有《藏书票消息》。随着藏书票组织不断开展工作，国际间的交流也越来越频繁，属于世界藏书票爱好者的国际组织“国际藏书票协会”，每两年举行一次国际藏书票大会，届时除举行“国际书票双年展”和举行学术报告等活动外，还举行国际间藏书票的交换。通过这些活动，吸引世界众多的书票爱好者，把各地收集藏书票的人和设计家彼此联系起来。尽管人们的国籍不同，语言不通，藏书票却沟通了人类共同的感情。正因为此，藏书票起到了国际间文化交流和友好往来的桥梁作用，因而又被人们誉为“文化使者”。如今，欧洲国家如比利时、英国、捷克、丹麦、芬兰、法国、荷兰、意大利、葡萄牙、西班牙、瑞典和瑞士等国家都有藏书票协会。英国1972年出版的《欧洲雕版藏书票》一书，就收有欧洲各国藏书票协会的地址。

在亚洲，最早创作藏书票的国家是日本。日本的藏书票曾受到欧美的很大影响，欧美式藏书票在日本的出现可能是明治五年（1873），贴在上野图书馆的前身东京书籍馆的藏书中，英文汉文并用。但有趣的是，斋藤昌三曾收集到贴在刊行于宝历年间的艺增上寺经书上的纯日本式藏书票，“从风格看，丝毫没有受到西欧的影响”。宝历即18世纪中叶，正是藏书票在欧美日益盛行的时代，彼此可能还是有联系的。

明治三十三年（1890）十月，诗歌杂志《明星》在介绍正在访日的澳大利亚藏书票画家艾米尔·奥利克的报道里，介绍了他制作的四枚藏书票，顺便提到藏书票的用途及其使用方法，这可能是日本最早介绍有关藏书票的文字，但并没有引起人们的注意。大正（1912—1925）中期以后，日本藏书票的制作和使用才渐成风气。“在模仿了一通欧洲形式后以，建立了自己的风格，这便是以浮世绘为底子的纯粹东洋形式的画面。”随着铜版技术的进步和徽章学的发达，形成特有的书票史。并在民间流行起木刻藏书票，椴、樱、枫、朴、杉等木料纹理丰富，有天然美，再施以传统的“锦绘”（即多色浮世绘版画）技法，少则三、五色，多则七色、十二色，还有借助于和纸所形成的“晕色”，绚丽多彩。

此后，日本还出版了一些专门著述，如斋藤昌三的《藏书票史话》（1927）、《日本之古藏票》、《日本好色藏票史》（1947）、《藏书票及其历史》（1980）等。香取绿波、内田鲁庵、斋藤昌三等人为日本藏书票的创作、普及与研究作出了可贵的努力。大正十一年，日本藏书票协会成立，并于同年八月在东京举办了日本首次藏书票展览。此后，日本藏票会多次举办全国性的藏书票展览。20世纪90年代，世界书票会议第一次移师东方，在北海道的札幌举行了第24届会议，有11国爱好者参加。日本同时出版了两本书，一是樋田直人著《藏书票的魅力》，堪称关于藏书票的教科书，另一是土屋文男著《书票之乐》，以二百多种原色图版展示了美妙的艺术世界。日本的藏书票事业进入了兴盛时期。

藏书票传入中国

藏书票相传在我国明代版画发展的鼎盛期，也曾在藏书家间流行过，但迄今尚未发现明代的木刻藏书票。

中国学术界一度认为，藏书票从西方传入中国，是“五四”以后的事。但20世纪90年代中期在台湾发现了一枚关祖章藏书票，使这一论断受到动摇。

关祖章（1894—1966），广西苍梧人，美国伦斯勒工艺学校毕业，历任民国政府交通部工程师、梧州工务局局长、平汉铁路工程处处长。（《古今广西旅桂人名鉴》，广西统计局编，1934年8月）在《岩窟藏镜：古镜图录》（梁上椿编著）二函六册上，有关祖章的校语考证等，可见他对古镜颇有研究。另外，王世襄在他的文集《锦灰堆》第二卷，记载了与关祖章交往的经过，并称他在十年浩劫中，惨遭红卫兵殴打致死，所藏文物不下数千件，以古镜为多，全部被抄。关祖章的事迹不是十分显赫，他最为人称道的是，他是我国已知的最早使用藏书票的人。台湾藏书票专家吴兴文在一本1913年出版的《图解法文百科辞典》中发现了“关祖章藏书”藏书票。后来有人在杰克·伦敦著《阶级的战争》(1905年版)和《京张铁路摄影》(约1910年版)等书中发现了相同的藏书票,目前共发现5枚,十分珍贵。2007年北京中国书店秋拍中,一本1917年出版的《美国国家地理》上贴有关祖章藏书票一枚,最终以2.53万元人民币成交。

据上海学者陈子善先生描述,关祖章藏书票大小为6.5厘米 ×9.5厘米,画面上一位头戴方巾的书生,翻箱倒箧之余,正秉烛展卷,潜心攻读,他的四周散落大量的线装古籍和卷轴,画面上方楷书繁体“关祖章藏书”五个字,大小两个书箱上分别标有“书林”“易书”等字样,是典型的中国传统风格。同时,贴有该藏书票的《图解法文百科辞典》(1913年版)的扉页上,还用钢笔写有如下的字句:“关祖章藏于美国纽约州特洛伊城第8街177号,伦斯勒(Ronsselaer)工艺学校,1914年9月26日。”

陈子善先生认为:“关祖章1914年创作的藏书票,在埋没七十年之后终于重现,改写了藏书票在中国的传播史。”这样看来,关祖章是已知的我国第一位藏书票使用者。但也有人对此表示异议。主要理由有二:一是制作这枚藏书票的版画技艺高超,使人难以相信它出自20世纪初中国人的手笔。无论是身为铁路工程师的关祖章,还是西洋的版画家,都不见得有如此的中国传统美术功底和审美情趣;二是藏书票上的钢笔题记,只能说明购书时间是1914年,并不能作为藏书票制作年代的直接依据,因为藏书票有可能是在多年后粘贴上去的。

不管怎么说,藏书票开始在中国流行,是20世纪二三十年代的事,由日本传入。叶灵凤最早就是从日本《明星》杂志上见识这一艺术的。1935年5月现代版画会在广州出版的《现代版画》手拓会刊第九集,编有《藏书票特辑》,是我国最早的藏书票艺术集萃;1937年,日本青年艺术家佐藤米次郎先生出版《趣味的藏书票》,在第二集里收录了李桦、陈仲纲、潘业等的9张藏书票,这是我国与外国藏书票交流活动中最早的一次;同时,李平凡先生30年代后期在天津,曹辛之先生1939年在延安,郁鹏先生40年代在大连,都刻印有自己的藏书票;此外,鲁迅、叶灵凤、郁达夫、李桦等人是我国早期藏书票的积极倡导者和收藏家。陈仲纲、潘业、唐英伟、刘兴宪、张在民、宋春舫、孙大雨等是最早的一批藏书票爱好者,他们使用的,都是受到西洋藏书票的影响,并融入了中国传统文化艺术的产物。鲁迅先生曾认为书籍上贴上藏书票可以增加美感,也可使读书人产生收集藏书票的兴趣。叶灵凤从海外收集了许多有关藏书票的资料,是最早将藏书票艺术撰文介绍给国人的爱书家,并染指于藏书票的绘制。现代版画家李桦则是我国较早的藏书票创作者之一,自20世纪40年代至60年代,他自刻自用藏书票60余枚,有《鹳鸟衔鱼》等书票名作,出版有《李桦藏书票》

（上海书画出版社，1991年版）。至于为什么倡导藏书票，李桦曾在《读书》月刊上撰文，认为“是为了提高读书、爱书与藏书的兴趣。知识分子自然都知道读书的意义，但不一定爱书，更不一定喜欢藏书。我们用藏书票把这三者联系起来，是想由此丰富读书人的精神生活。”

说起藏书票传入中国的历史，我们忘不了爱书家叶灵凤先生的贡献。30年代初，他只身寄住在上海北四川路的一家公寓里。一次偶然的机会，他在内山书店发现了一本随笔集《纸鱼繁昌记》，从中知道藏书票在日本已经相当的流行，而且该书的编者斋藤昌三是日本研究藏书票的著名学者，著有藏书票研究专著《藏书票之话》。当时关于藏书票的研究资料极少，而中文资料更是绝对没有。这一发现使叶灵凤兴奋不已，他立即请书店老板内山完造写信去日本定购。然而答复却让人沮丧：该书早已绝版，也许在旧书店里还能碰到。叶灵凤并不气馁，他直接给斋藤昌三去了一封热情洋溢的信，询问他能否给异国的爱书者找到此书，并提供一些日本藏书票界的资料。很快，叶灵凤就收到了来自日本的《藏书票之话》，还有一批日本藏书家所使用的藏书票和有关日本藏书票界的研究资料。其中包括19世纪末、20世纪初出版的《抑屋》特辑《藏书票之卷》《日本藏书票会作品图片》《日本藏书票展览会出品目录》等珍贵资料。从此，叶灵凤更加坚定了研究和收藏藏书票的兴趣和信心。他频频与国内外的书店联系，搜求有关藏书票的研究资料，潜心于藏书票在中国的研究与推广。这期间，他发表了《藏书票之话》《现代日本藏书票》《藏书票与藏书印》《完璧的藏书票》等多篇通俗易懂、图文并茂的文章。其中1933年12月发表于施蛰存主编的《现代》第4卷第2期上的《藏书票之话》一文，长达近5 000字，系统地介绍了西洋藏书票的历史以及在德、美、英、法等国家的现状、藏书票的制作与收藏等知识，还附录了自己的藏书票一枚，其他各国的藏书票16枚，既有早期的，也有当代的；既有公共图书馆的，也有文人学者私人的。洋洋大观，成为我国最早的一篇介绍藏书票的文字。由于叶灵凤在中国推广藏书票这一艺术形式的特殊贡献，经斋藤昌三的介绍，他加入了日本藏书票协会，结识了该会主持人小冢省治，并频频与日本的爱书者和藏书票收藏家交换藏书票。直到抗日战争胜利以后，叶灵凤仍然与斋藤昌三保持着联系。

公共图书馆在其藏书上贴上藏书票，这种做法对于传布藏书票的作用也不可小视，因为公共藏书的流通面要广得多。民国中央大学图书馆的藏书，就常在扉页上贴有一张长方形藏书票。系铅版蓝墨印刷，主体图案是一棵古松，衬景是山峦和初升的旭日。图案下方是分类号和登录号，常用自来水笔填写。

藏书票的制作和使用有一定的规律。藏书票属于袖珍版画，被人誉为“版画珍珠”“纸上宝石”。藏书票本来不限于版画制作，但由于藏书票既要能复制一定数量以实用，又要以纸张均为原作方能更显示其艺术价值，而用版画刻印藏书票则正好满足了这两个要求，所以藏书票的制作基本上都是版画制作的范畴。它最初是版画家自刻自用的，后来发展成根据书票主人的个性、爱好等要求而专门设计，使之具有各人独特风格。剪纸藏书票虽然与版画藏书票都具有可以同时制作多枚的基本特点，但其无论是创作手法，还是纸料的选择，都没有版画藏书票那样多样。如今市场上有大量印刷的不具名的所谓“通用藏书票”流通，让顾客自己填上姓名贴在书上，这种做法虽有助于藏书票艺术创作的发展，但已脱离了藏书票艺术的传统，没有很高的艺术价值和收藏价值。

民国藏书票的种类很多，由于制作材料的不同，而创作出的藏书票的效果也各有风味。其种类常见的有：铜版、木刻、石版、丝网版、纸版等。

水印木刻　以木板作材料，通过画、刻、印来体现木质和刀法所体现出的感觉，有一种简洁、滋润、明快的艺术韵味。木刻有两种：刻木头横断面的叫木口木刻；刻木头纵切面的叫木面木刻。西方木刻多是木口木刻，它的木质纤维是直立竖起的，如砧板，故木纹细密，质地坚硬，能刻出极精制的画面。现代西方的藏书票仍多是木口木刻。

铜版　铜版画与套色木刻一样，都是依据所设计的画稿以色块分制成几块版，然后套印完成。铜版也有两种：用坚刀直接刻铜版的，叫铜刻（或叫镂刻版）；用硝酸或其他酸素溶液腐蚀铜版的，叫腐蚀版画。铜版画面细致柔和，常给人一种精美和流动的感觉。

丝网版　丝网版画是一种以印刷制作为主体的新兴版画画种，是一门以色彩塑造形象的现代绘画艺术，所以丝网版制作的藏书票在色彩上往往有出人意料的效果。

纸版　纸版制作也许是最简便易行的一种方式了。它不像铜版、木板那样繁琐，且不用如何印刷机器便可印刷。其可利于不同的纸质创作出比较自然、朴实，具有独特趣味的画面。

制作藏书票的材料种类还有很多，如PS版、吹塑纸、塑料橡皮版等，制作手法大同小异，而效果往往是各得天趣。另外，藏书票所用的纸质，一般采用优质宣纸，加工托裱一二层，或用软棉纸，纸质不宜过厚或过薄，忌有光泽感，否则，将影响作品的质量。

藏书票因为是为“藏书”而制作的，所以，不管是内容还是形式，都应与藏书和读书的主题有关。

藏书票的规格大小不等，有大有小，有方有圆，有单色有多色，这要根据藏书者的趣味爱好因人而异。最常见的书票呈矩形，见方一二寸至三四寸。也有比明信片还要大的，但很少见。

藏书票的图案最初多以家徽、神话传说、英雄美人等为题材，随着书票艺术的发展，题材范围越来越广，涉及表现肖像、书斋景物、各人志趣以及与职业有关的图案等，也有采取抽象概念和象征性题材的。

藏书票上有时还有一两句箴言、警句，这类题词大抵可分为三类：咒骂偷书雅贼；警告毁坏书籍的人；颂赞读书的好处。类似于中国藏书印中“训诫章”的趣味。

藏书票中一般还配有藏书者的姓名、别号或书斋名等，有的还有藏书年份。有人还在书票上注明书的门类和代号，使它起到了与藏书卡片两相对照的作用。在藏书票上，往往按照国际惯例写上希腊文“EX · LIBRIS”，英文有两种译法：“From the Library of ...”或“From the Books of ...”，意指“某某人书斋所藏书”“某某人所藏书”。

由此可见藏书票的创作过程与一般版画的不同之处，书票要具备多种要求：一是要有“票主”（即藏书主人，也就是书籍的所有者）的名字（包括书斋名），书籍种类和用途名称等，以及藏书身份或地点等（此项可有可无）。二是应有书籍的装饰效果。书票的内涵是萦系书籍与书主的意志的，这是构成书票的性质要素之一。一张好的藏书票，不仅能起到保护书的作用，而且还给人以艺术享受，它与书籍装帧珠联璧合，妙趣横生。

藏书票一般贴在书的内封衬页或扉页的右上角或中央。使用藏书票，图案规格可以始终统一，也可根据自己的情趣爱好变换花样，用来区分藏书年代和门类。

中国藏书票运动

虽然民国期间藏书票在我国的流行，还只是限于屈指可数的一些文化人之间，但是，其影响却是深远的，为20世纪80年代藏书票在我国大规模地走向平民、走向世界奠定了基础。

1979年，在北京、广东、山西版画联展上，李桦先生第一次展出了4枚藏书票，1984年，“上海书展”在香港展出前，上海人民美术出版社的老版画家杨可扬为书展刻了一枚藏书票，通过机印，在会场上分赠参观者，大力宣传藏书票，很受欢迎。这枚藏书票的构思源于“水清鱼读月”句，寓意大家都来读书。此后，人们逐渐对藏书票有了感性认识，爱起它来，版画家也纷纷加入此道。同年3月，“中国藏书票研究会”在北京成立，李桦被推举为名誉会长，梁栋为执行会长，挂靠在北京中央美术学院版画系，并出版有会刊《中国藏书票》杂志。接着，重庆、杭州、大连、南京、广州、上海、无锡、天津、武汉、本溪等地也纷纷组织起了藏书票的团体。1988年8月8日，中国藏书票研究会正式加入国际藏书票协会。同时，各种类型的藏书票展览纷纷出现；评介藏书票艺术的文章不断见于各地的报刊中；以藏书票为内容的出版物如藏书票集、藏书票月历、藏书票研究会会刊、藏书票书签等，都发行了。

“中国藏书票研究会”先后举办了多届全国性藏书票展览。其中“首届全国藏书票展览会”于1988年举行，从全国应征的数千枚作品中，选出了800多枚，在一年内巡回移展于12个城市。其声势之浩大，显示出藏书票运动广阔的发展前景。1985年，还在北京举办过一次《中日版画藏书票联展》，使“中国藏书票研究会”与“日本藏书票协会”发生了接触，并逐渐走向世界，获得了较好的国际声誉。1986年5月，“中国藏书票研究会”送了一批作品参加“日本全国第二回书票大会”，甚获好评。同年9月，又在香港举办了一次“中国版画藏书票展览会”，引起了文化界的极大兴趣，被人们称为是香港藏书票的启蒙运动。特别是同年10月在荷兰举行的“第二十一届国际藏书票家和爱好者联盟大会展览会”上，我国送去60人所作的108枚作品，均是具有中国特色的套色木刻藏书票，在几乎全是黑白版画的西方藏书票中，特别显得耀眼。主办这次展览的荷兰藏书票协会主席德·布鲁金称赞“中国的藏书票有强烈的民族色彩，比日本的更富变化，取材立意与制作，都独具匠心，耐人寻味。”2006年，“中国藏书票研究会”还在江苏苏州木渎成立了“华夏藏书票名家创作采风基地”，已与日本、美国、英国、比利时、荷兰、罗马尼亚、捷克斯洛伐克、南斯拉夫等国的藏书票作者和爱好者的组织和个人取得了联系，并交换作品。在中国藏书票研究会的组织推动下，通过短短二十余年的努力，藏书票已普及全国、走向世界，取得了举世瞩目的成就。现已组成千人的书票创作大军，数以万计的作品，频频参加国内和国际书票艺术大展。2014年4月22—28日在西班牙Tarragona塔拉戈纳召开的第35国际藏书票大会上，北京印刷学院青年教师牛明明荣获国际藏书票联合会授予的“阿尔滨·布鲁诺夫”突出贡献奖①，以表彰其在藏书票领域中所取得的突出成就，这是中国艺术家首次获得该奖项。

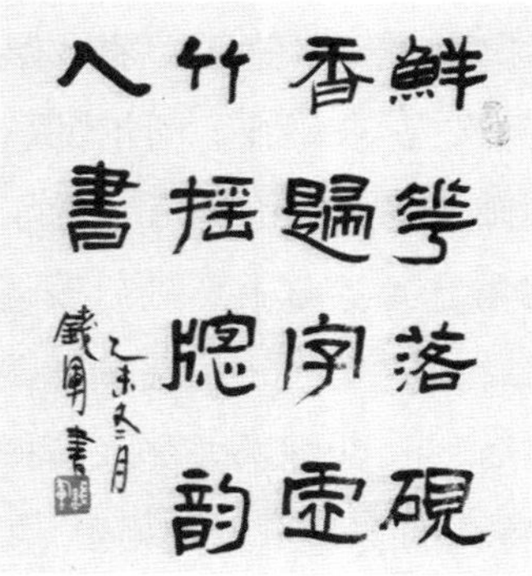

隶书斗方，钱军书
鲜花落砚香归字，虚竹摇窗韵入书。

近几年，北京、上海等地的市场上还有“通用藏书票”出售，使用起来极其方便；有些读书、藏书组织也曾在会员范围内发行过藏书票。80年代末期以来，在中国剪纸学会的倡

① “阿尔滨·布鲁诺夫奖”设立于2003年，以表彰为世界藏书票发展所作出的突出成就者，每届大会前进行提名选举，到2014年，共授予了全世界不同国家的48位藏书票艺术家。

导下，我国又兀然出现了剪纸藏书票。1989年，全国首届剪纸藏书票展览在天津举行，受到广泛好评，继而又在日本名古屋展出，轰动了日本藏书票界。中国剪纸学会会长、天津美术学院教授仉凤皋先生还编著有《中国剪纸藏书票》一书。

虽然“通用藏书票”已经远离了藏书票创作与使用的传统，其收藏价值大大降低；剪纸藏书票在艺术创作上也受到表现手法、材料选择的限制，但它们标志着藏书票在我国日益走向大众，成为20世纪下半叶我国藏书票运动的新景观。藏书票的创作、研究与收藏在中国冷落了半个世纪后，终于得到前所未有的快速发展，并出人意料地受到了版画界和剪纸艺术界的青睐，说明藏书票不仅仅是藏书界的研究对象，也成了艺术界的学术目标，从而为中国藏书票艺术的进一步发展奠定了基础。

《中国藏书票史话》读后

《中国藏书票史话》,李允经著,湖南美术出版社,2000年6月版

藏书票艺术传入我国,至少有八十年以上的历史。一个有趣的现象是,在一个有着一千多年使用藏书印传统的国度,藏书票由清末民初的文人学者的书斋宠物,于20世纪末开始受到普通爱书人的青睐,并逐步走向世界;可藏书印在西方,却没有藏书票在我国这样的好运。要探究这其中的文化底蕴,就得要研究藏书票在我国传布、制作、使用和收藏的历史。

检视我国藏书票书籍的出版情况,我们发现,基本上都是作品集,价格也十分昂贵。如荟萃41位藏书票艺术家作品的《五四运动八十周年纪念藏书票》，售价高达488元；毁版限定印数2 500册的《中国藏书票“龙·书”专题作品集》，定价980元，非一般工薪阶层所能问津。而关于藏书票历史的研究与介绍，无论是首次向国人介绍藏书票的叶灵凤的《藏书票之话》，还是香港作家董桥在1981年发表的长文《藏书票史话》，都基本上侧重于西洋藏书票的介绍。国家图书馆曾在善本室举办过“馆藏西洋图书藏书票展”，虽然同时展出了现存中国人最早使用的“关祖章藏书票”，但其主旨毕竟是向国人展示西洋藏书票史上的珍贵实物，包括1450年创作于德国的木刻“刺猬藏书票”。李允经先生的新作《中国藏书票史话》（湖南美术出版社，2000年6月版）一书，则是系统研究我国本土藏书票的首部史论性专著，具有填补空白的学术意义。该书图文并茂地向普通读书人展示了我国藏书票的历史图卷，也是国际爱书人了解我国藏书票艺术发展历程的一个窗口。

李桦先生曾经就为什么要提倡藏书票的问题作过精彩的论述。他说：“这是为了提高读书、爱书与藏书的兴趣。知识分子自然都知道读书的意义，但不一定爱书，更不一定喜欢藏书。我们用藏书票把这三者联系起来，是想由此丰富读书人的精神生活。我们不仅为了知识而读书，更爱护所读的书，进而要求珍藏所爱的书。读书、爱书、藏书是文人的好品德。既爱书又藏书了，那么，他便想到要装饰自己的书籍，在书籍上盖个珍藏章，贴上张藏书票更觉别致而美观了。”(《为什么要提倡藏书票》)可见，藏书票受到读书人的欢迎，一方面是出于倡导社会爱书风尚的精神需求，一方面是出于书籍装饰的艺术审美需求。因而，藏书票的历史，既是社会文化史的一部分，也是艺术史的一部分。藏书票在刚刚过去的一个世纪，之所以能在我国得到长足的发展，既有社会思潮的影响，也有艺术上的推波助澜。

我国学术界现在基本上达成了这样的认识，即藏书票不仅仅是表明藏书所有权的标识，而且可以据此来探究读书人的精神生活。大而言之，藏书票可以折射出一个国家和民族的文化性格与文化心理。正如唐弢在《藏书票》一文中所分析的那样：“英国素喜保守，图案单纯，缺乏变化。美国后起，到现在藏书票虽极普及，但在形式上仍不能超越欧洲各国，有时以抽象派的画缩印在藏书票上，衍异猎奇，似不足取。”

从藏书票在我国的发展来看，最早是受到留洋学人的喜爱，这当然是“西学东渐”的产物。所以，藏书票在我国早期，只是流行于屈指可数的一些文化人之间。作者在书中向我们详细地介绍了早期藏书票作家作品的史料。关祖章藏书票、沪江大学和清华学校毕业纪念册里的藏书票、“饮水思源”藏书票、伍连德藏书票、“褐木庐”藏书票，都是早期珍贵的零星试作。藏书票在文化人之间开始流行，是20年代以后的事，作者向我们介绍了李桦、赖少其、唐英伟、陈仲刚、刘宪、刘仑、张在民、潘昭、潘业和王寄舟十位藏书票作家的创作情况与作品风格。遗憾的是，作者对于藏书票在清末民初传入我国的文化背景，及其与当时社会思潮之间的关系，虽然提供了大量史料，但缺乏充分的论述。陈子善先生在《“有一片孤帆闪耀着白光”——漫谈几位现代作家的藏书票》一文中曾经对此作过议论：“藏书票虽小，作为书斋长物，除了其本身的艺术鉴赏价值之外，所保留的文化信息也可能是非常之丰富的，而那些经历过历史风尘的藏书票更可引出一个个可长可短，甚至可歌可泣的故事，传送出票主的性情和爱好，透露出一点时代的眉目。”该文介绍了诗人孙大雨、翻译家赵萝蕤和马来西亚华人作家温梓川的三枚藏书票，它们不约而同地以扬帆的航船作为票面的图案，陈子善先生据此来分析这三位留洋学人的文化心理。

藏书票艺术在1937年之后的四十年间，是一个漫长的停滞期，其中缘由与抗日战争、解放战争以及历次的政治运动是分不开的。对此，作者在“藏书票艺术的停滞期”一章中，就藏书票艺术与社会环境之间的关系作了如下分析：

> 书票艺术的发展，需要一个和平的、建设的客观环境，需要一个著书立说、印书发行、买书读书、爱书

藏书的书香氛围。革命，固然是新社会的产婆，但在新的社会制度出现之前人们所见的却是侵略战争、白色恐怖、烧杀抢掠、贫穷饥饿以及反抗战斗。当务之急是为生存、为祖国、为民主自由而战，又怎能有顾及小巧而高雅的书票艺术的闲情逸致呢？

藏书票艺术在1957年以后的历次政治运动中所折射出来的扭曲的社会心理，也是“史无前例”的。书票作家“怕人家说是‘雕虫小技’，或者说是‘玩物丧志’，更可怕的是被扣上一顶‘资产阶级艺术趣味’的帽子，挨批挨斗。所以即使有个别致力于创作的艺术家，也仅将作品贴在书中，藏于秘室而不愿公之于众……”作者为我们挖掘出来的这一时期的书票艺术家，有李平凡、曹辛之、罗工柳、李桦、郁鹏和梁栋六位。搜集停滞期藏书票艺术的史料，实在是一件筚路蓝缕的工作，因为当时凤毛麟角的藏书票活动几乎没有影响，而它们对于研究这一时期的藏书票艺术为什么没有被“断线”提供了珍贵的史料；也为研究停滞期藏书票作家的创作动机与创作心理提供了文化标本。为此，作者频频与当时的藏书票作家与家属联系，获得了不少的一手资料，实乃嘉惠士林之善举。

藏书票在我国大规模地走向平民，走向世界，是20世纪80年代以后的事，这与教育的普及、读书人口的扩容、对外开放的政策是分不开的。可见，藏书票在我国发展的每一步足迹，都与读书人的精神生活息息相关。于是，作者把“裸体藏书票”作为艺术个案，通过人们对裸体藏书票艺术观念的演变，来揭示社会审美心理的演变过程。这或许正是作者设“裸体藏书票的创作与鉴赏”一章的初衷吧？

藏书票的历史也是艺术史的一部分，这就确定了鲁迅在我国藏书票史上的地位。鲁迅在藏书票史上的影响，不是因为他制作、使用、收藏或倡导过藏书票艺术，而是因为他竭力倡导新兴木刻运动而间接推动了我国藏书票艺术的发展。可以这么说，如果没有鲁迅倡导的木刻运动，就不可能有我国藏书票的今天。虽然他的初衷只是“当革命时，版画之用最广，虽极匆忙，顷刻能办”(《南腔北调集·小品文的危机》)，但他在1935年1月18日致赖少其的信中也预测过：“用版画装饰书籍，将来也一定成为必要。”他创立的版画理论曾经指导和影响了老一辈版画艺术家的创作活动。于是我们可以预料，如果有人在其他国家倡导“篆刻运动”，那么，我们国家的藏书印艺术也一定会在其他国家得到光大，而不仅仅是唐弢先生所估计的“线装书纸质柔润，便于钤印，洋纸厚硬，也就以加贴藏书票为宜”了。该书在第三章第一节“鲁迅和藏书票艺术”和第十二章“鲁迅的版画理论是指导藏书票艺术的明灯”中谈到鲁迅与藏书票艺术的关系，而对新兴木刻运动的介绍则略嫌简略了些。

对爱书人而言，该书最有实用价值的部分是对当代大陆和港台藏书票作家、作品的介绍。作者李允经先生是中国版画家协会理事，其版画作品曾获日本国际版画研究会金奖和中国版画家协会鲁迅版画奖，并著有《中国现代版画史》等书，所以他与当代藏书票艺术家过从甚密，为他撰写新时期的书票艺术提供了便利条件。书中介绍的大陆当代藏书票作家有六十位之多，分“前辈”“中坚”和“新秀”三类。港台的藏书票作家介绍了许晴野、梅创基、余元康、梁金胜、潘元石和杨永智六位。此外还介绍了全国和地方的藏书票组织、各地的藏书票活动、藏书票的展览与国际交流等方面的情况。这就为读书人全面了解我国书票艺术现状、交换藏书票作品、切磋藏书票创作经验，提供了一个艺术交流的平台。

由于该书是一部填补空白之作，所以不可避免地存在遗憾之处。比如，藏书票的制作要求既能复制一定数量以实用，又要以纸张均为原作而更显其艺术价值，所以藏书票的制作基本上是版画制作的范畴。但新时期以来，藏书票家族还出现了“剪纸藏书票”“通用藏书票”等新

隶书邓志诚诗句斗方，钱军书
老去耽书兴味长，陈编相对发幽香。

的类型。虽然“剪纸藏书票”无论是创作手法，还是纸料的选择，都没有版画藏书票那样恣意多样；如今市场上大量流通的“通用藏书票”，也已脱离了藏书票艺术的传统，没有很高的艺术价值和收藏价值；它们在爱书人中的影响也不如“版画藏书票”，但它们毕竟也曾为丰富藏书票艺术的内涵，推动藏书票艺术的普及而发挥过作用，因而可以设专章来为读者介绍它们，从而揭示我国新时期藏书票运动的全貌。1993年，天津美院的仉风皋就曾编著有《中国剪纸藏书票》一书，由今日中国出版社出版。

《中国藏书票史话》一书约二十万字，收藏书票实物图片四百余帧，价格平装49元，精装65元。并缀有丰富的附录，包括“中文藏书票书刊出版年表”“叶灵凤《藏书票之话》”“台湾的早期书票活动”“新时期历届全国藏书票展览获奖名单”和“国际藏书票票面标注版式代号”等，都有一定的实用价值和史料价值，丰富的史料性，是该书的学术特色之一。

家有藏书始富贵

对于我们这个民族来说，历史上最丰厚的收藏传统当首推藏书。说起藏书，实际上是人类以阅读、保存、鉴赏、研究和利用为目的，将对人类图书事业和人类社会的进步，有所价值、有所贡献的图书内容与图书载体，存世与传世的一种形式。“在历史中国，特指皇家、私家、寺观、书院等的典藏图书的收藏，其概念不仅仅指藏书，而且还包括与之有关的购置、鉴别、校勘、装治、典藏、钞补、传录、刊布、题跋、用印保护等一系列活动。”（徐雁、王燕均《中国历史藏书论著读本》）藏书的过程，是随着藏书者肉体生命的损耗，而文化生命得到丰富和延伸的过程。于是，藏书和书房，就成了藏书者用有限的生命去战胜无限的时间的物化体现。对喜欢书的人，藏书的价值主要取决于世世代代为保存藏书而付出的代价、藏书存世的数量以及藏书服务于人类可能会产生的效益多寡等因素。

藏书有益和有趣，在于藏书者企图通过对图书的精心搜集与典藏，让知识及其载体突破时空的限制，永久传播，使个体的文化生命达到永恒。

如今的公共图书馆事业已相当发达，数字化阅读日益普及，知识传播越来越方便、迅捷，私人藏书有无必要？

这样的顾虑是没有必要的。近一二十年来，许多城市都举办了规模不等的藏书比赛。比如，1988年，我国著名的“藏书之乡”常熟首先举办了“当代个人藏书十佳”评选，荣获“十佳”榜首者当时藏书已达1.5万余册；1989年，南京举办的“金陵个人藏书状元”大赛中，名登榜首的叶至诚藏书逾1万册；1994年，苏州“十大藏书家庭”中最多的达到1.5万册；1996年，南京再次举办个人藏书大赛，周瑞玉以藏书3.6万册荣获最高奖；上海举办的“十佳藏书家庭”中最多的有藏书1.5万册。而天津、吉林、广西、安徽、山东、浙江、河北等省区市也都举办过

本文作者和南京的“藏书状元”在夫子庙旧书店“书香阁”合影

（左起：薛冰、董宁文、周瑞玉、徐雁、钱军）

类似的藏书比赛，在江苏，甚至太仓、海门、宿迁等市、县也都拥有了各自的“十大藏书家”或“优秀藏书家庭”。

进入新世纪，2002年9月，江苏启动首届“新华书缘杯”十大藏书家评选，包括扬州学者韦明铧、常州市建行原保卫科科长王紫根、江阴市乡镇中学历史教师李中林等在内的10人被授予“十大藏书家”称号；2007年4月，南京图书馆启动首届“江苏藏书家”评选活动，包括南京艺术学院美术学院的陈世强在内的10人获得“江苏藏书家”称号，江苏省吴江市文联的俞前等6人获得“江苏藏书家”的提名奖。此外，天津十大藏书家评选、内蒙古十大藏书家评选、山西省十大藏书家评选、嘉兴市十大藏书家评选、盐城市优秀藏书家评选、芜湖十大藏书家评选、余姚市十大藏书家庭、慈溪市十大藏书家庭、中山市十佳书香家庭评选等各种藏书家、书香家庭的评选活动陆续举办，有的已经持续了好几届，成为常规性的城市文化建设工程。中国阅读学研究会还开展了“华夏书香之乡”授牌活动，先后已授予江苏古里、浙江慈溪、云南和顺等“华夏书香之乡”荣誉匾牌。

可见，藏书的意义与作用已经逐渐被社会所认识。由于个人藏书用起来比公共藏书方便得多，个人藏书的专题特色又是公共藏书的“大而全”所无法替代的，所以家庭藏书越来越受到重视。那么，电子书的发展是否会冲击家庭藏书的发展呢？我们不妨来看看美国等发达国家的情况。

2013年12月，电子书的发展如日中天，美国科罗拉多大学做了一项调查，发现70%的美国人都不愿意放弃纸本书。之前数年，美国电子书销量高速增长，但从2014年开始，销量开始放缓，电子书取代纸本书的预言不攻自破。美国的电子书，于2010年爆发，到了2012年，销量增至占全年总销量的27%，2013年再涨至占30%。可到了2014年上半年，美国电子书销量下跌至只占总销量的23%，下半年再跌至只占21%。美国出版界出现了平装书、精装书和电子书形成三分天下的局面。电子书取代纸本书之势已不存在，再谈不上全面淘汰纸本书。在电子出版日益发达的美国、德国、英国等西方国家，“一个家庭没书籍，等于一间房子没窗户”的观念，正日益深入人心。

所以笔者坚信，无论信息的传播如何快捷，传统意义上的藏书，终将随着社会的稳定、经济的发展、教育的普及、文化的繁荣而生生不息。

所谓的“藏书家”，应该是一个有着丰富的文化蕴含的概念。真正的“藏书家”是不会也不该普及的，而那些普及的，称作“藏书人”或“书香家庭”等更合适些。在我看来，所谓的“藏书家”，除了其丰富的藏书量与明显的藏书特色外，至少还要对藏书行为、藏书活动、藏书事业、藏书历史等有所研究，在藏书实践方面有着特殊的贡献。打个比方，如果只能写得一手好字，是不能算作书法家的。作为书法家，还得对书法理论有所贡献，他必须用毕生的实践去印证和发展书法理论。事实上，如果对藏书本身没有足够的认识、思考与研究，是不可能成为藏书家的。

“藏书家”也罢，“藏书人”也罢，“书香家庭”也罢，他们都有一些基本的共同品质。既然藏书活动的目的是通过对图书的典藏而使藏书者的文化生命达到永恒，作为图书的收藏者，自然要热心于文化事业，要发自内心的爱书。换句话说，要做藏书家，先要做爱书家。我国南北朝时期北齐文人颜之推，对图书倾注了一片爱心，他曾在《颜氏家训・治家篇》中告诫子弟：如果借了别人的典籍，必须真心爱护，若有损坏之事，应立即修缮，这也是士大夫百行之一。这种爱书的精神，被明、清以后的读书人发扬光大，出现了许多有名的爱书故事，有的购书不惜倾家荡产，有的深居山堂整理藏书，有的甚至不惜以爱妻换宋版。近现代，周叔弢、郑振铎、鲁迅、阿英、唐弢等学者在动荡时代，不惜用生命保护文化典籍的故事至今仍被人们广泛传颂。孙从添的《藏书纪要》、郑元庆的《吴兴藏书录》、叶昌炽的《藏书纪事诗》、叶德辉的《书林清话》、刘国钧的《可爱的中国书》、叶灵凤的《读书随笔》、郑振铎的《西谛书话》、唐弢的《晦庵书话》、黄裳的《榆下说书》等，都是饱含着浓浓的爱书精神的篇什。

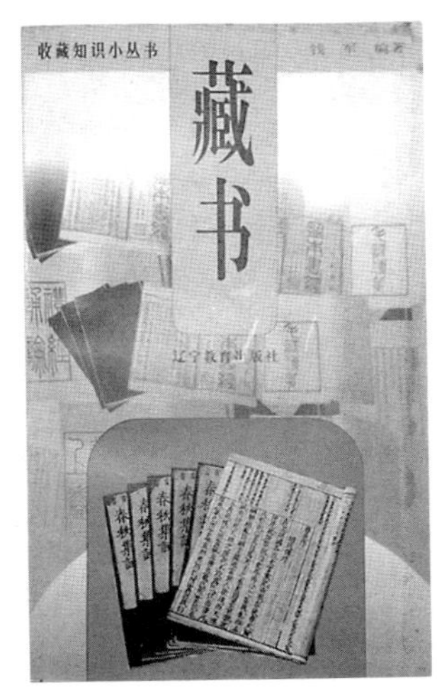

《藏书》，钱军编著，辽宁教育出版社，1998年6月版

有了爱书的精神，就会对藏书发生持久的兴趣，就会有吃苦耐劳的精神。当然，搞藏书的人，还要有眼光，也就是要能对图书的价值有准确的判断。要从两方面着眼，一是版本价值，一是使用价值。书籍的版式与格式、藏书印章的有无、存世数量的多少等，都会影响图书的版本价值；而使用价值又会对藏书者的成长有益。藏书的眼光要通过自己毕生的藏书实践而逐步培养和提高。

记得台湾书业界有一句话："贫者因书而富，富者因书而贵。"图书使人富贵，绝不是因为它可以兑换成钱，而是它本身就是一笔财富。把藏书作为一种投资，是期望它的版本价值和使用价值能够增值，并且终极拥有它。如果我们像炒股一样，整天巴望着它能够增值到最高点，然后把它抛掉，赚一笔钱。这样的人，是书贩，不是藏书人，更不是藏书家。

最珍贵的书，应该是无价的。而真正的藏书家，也就更显其贵。

新书的收藏

要提高私人藏书的使用价值，藏书就要有特色。比如，有人专收民国图书，有人专收旧平装本，有人专收作家签名本等。对于大众藏书而言，新书，也就是当代出版物，显然是容易受到重视的一种类型。

当然，并不是所有的新书都值得收藏。在如今的藏书市场上，最受爱书者青睐的是其中的初版本。所谓"初版本"，是相对于重版本、重印本的概念而言，专指第一次印刷、发行的著作。"初版本"的概念是在清末活字印刷和石印的书籍大量发行之后才出现的。在这之前，我国活字印刷很少重印同一部书。因而，初版书收集的范围也就谈不上什么古老的版本。

收藏"初版本"有它的学术意义，可据以了解第二版以后历次修订本所反映的著者思想的变迁历程。它具有重要的史料价值，于书志学大有裨益。这正是初版本一直受到爱书家和藏书家的高度重视之原因所在。

在美国，藏书家收藏珍本书，往往不是因为爱书，而是为了书的价值。他们藏书不是为了追求阅读和把玩的乐趣，而是把藏书当作投资。他们重视初版本的理由，有的是因为书的装帧特佳；有的是因为后来的版本文字有了改变；有的是因为作者特地印了有限的初版精装本编号，专门送朋友当礼物。

但是，新书总是源源不断地问世，仅我国每年新书的出版量就达十万余种。显然，不是每种新书的初版本都有收藏价值。哪些图书的初版本值得珍藏？这主要是看图书在藏书家市场的需求。“物以稀为贵”这是通则。人常说，收藏初版本的动机不外三种：以书重、以人重和以专题重。

所谓“以书重”，一本书受到广大读者的欢迎，印过许多本子，被公认为名著，于是这本书的初版本就受到重视。比如，余秋雨先生的《文化苦旅》出版以后，一版再版，于是其中仅印1万册的大陆初版本就显得十分珍贵了。而他的《山居笔记》一书只在台湾尔雅出版社印行过，就更难得了。美裔华人学者黄仁宇教授的《万历十五年》，如今也难以寻觅其初版本了。确实，我国拥有十几亿人口，图书的初版本一旦被一千多所公共图书馆所“瓜分”，便所剩无几了。由此也可见藏书者的眼光。如果初版本印数极少，就更值得收藏。

所谓“以人重”，是指一个成名的作家拥有众多的读者，有人专门收集这位作家的作品，于是他的一些早年不出名的著作也就在收集之列了，甚至更有收藏价值，这是因为印数较少的缘故。仍以余秋雨先生为例，如果你已经收藏了他近几年出版的《文化苦旅》《山居笔记》《文明的碎片》《霜冷长河》等，你若想对他有更多的了解，那么，你就该把他于1987年3月由上海文艺出版社出版的《艺术创造工程》请进你的书房了。

在美国，一些有生意眼光的出版商，有时就会恳请名作家给他们一些不重要的著作出版，印数不多，也会变为珍本，就是这个道理。这些作家往往是现代文学中的“巨人”，如海明威、威廉·福克纳、约翰·史坦倍克等。

我国的鲁迅先生，一生著作等身。尤其是他的小说和杂文，有口皆碑。如今有人收藏鲁迅著作的初版本，而他早年的两本自然科学方面的著作就很珍贵。一本是与顾琅合著的《中国矿物志》(普及书局，1906年4月11日初版)，一本是《人生象学文》。特别是后者，是鲁迅先生1909年在杭州任教时编写油印的生理学讲义，由许寿裳题写封面，未曾刊行过(初版未印第二册)。倪墨炎先生认为，“早已绝版，恐怕连年轻的研究工作者都很难找到这两部专著了”。笔者有幸藏有唐弢先生编的《鲁迅全集补遗续集》(上海出版公司，1952年3月初版，3 000册)，其中收有这两部书。还有，鲁迅在日本印的《域外小说集》究竟存世有多少册，至今没有调查清楚，恐怕是屈指可数的。

与此相似，还有人专门收藏陶元庆设计封面的图书，有人专收赵家璧出版的图书，等等，都是很有意思的藏书方向。

所谓“以专题重”，即专收某一专题的图书。公共图书馆往往追求“大而全”，私人藏书则应追求“小而全”，才能更好地发挥藏书的效益。比如，如果你立志在藏书领域有所作为，那么，所有关于图书史、藏书史、出版史的专著，历代藏书家的著作，书话作品以及各种各样关于书的书，就都应该予以关注了。阿英先生专收清末小说，唐弢先生大量收集“五四”运动以来的新文学书籍。四川作家张放还对我国当代收藏新文学类作品的专业收藏家予以排行，他认为“京姜（德明）第一，沪倪（墨炎）位二，蜀龚（明德）居三”。再比如，南京的薛冰先生，他所收藏的清末民初以来的线装书和“旧平装本”，尤其是其中的插图本，精品迭出。江苏省政协常委、南京大学徐雁教授，系列收藏“读书之书”，颇具规模，成为很有特色的专藏。

在过去的几十年中，美国藏书家青睐的专题是所谓“逃避文学”，如科幻小说、惊险侦探小说之类。这些藏书家的文学兴趣标准较低，正如董鼎山在《美国的珍本书》中所讲“他们所重视者是书的外封的设计。这些封面往往画了口含雪茄的私人侦探与妖艳的女人，在艺术上并无价值，不过代表了美国某个时期（二三十年代）的气氛，很受留恋过去的人士欢迎。”与此相反，获诺贝尔文学奖的作品，其初版本却不一定吃香，是一个奇特的现象。

在美国，其藏书市场要比我国健全、完善和发达，那里的许多藏书者并不是为了追求把玩和阅读的乐趣，而是把藏书作为投资。因此在美国，谁要是把刚出版的第一版新书收集起来，时间不需太久，他就有可能赚到大钱而致富。比如，许多受过良好教育的新一代新书收藏专家，他们不约而同地热衷于收藏与他们同龄或同年代的作者所写的一些令他们读后感到愉快、惬意的初版书。以致有些初版书已在拍卖市场上攀登到很高的价位。还有一些人则专门用心寻觅大有发展前途的新作者，一旦看中，就不惜高价收藏他们的作品，以备日后待价而沽。

初版书受欢迎，还有审美方面的原因。在爱书家的眼中，“仿佛只有它含有作者的灵魂，而其他的重版本只能看作是影子。”（周煦良语）因此，初版本的收藏最讲究原装，“不但装订不能损坏，连空白页、广告页也不能或缺”。一般近现代的初版书，一经重装，即使皮面金字，比原来的漂亮，在藏书家看来，它的价值也要大打一个折扣，甚至不值得一顾。“受珍视的初

隶书王力题学海社诗句斗方，钱军书
骋怀学海扬帆远，游目书林用力勤。

版本如果保存如新，二三十年后，其价值可达原价十倍，如果外封面纸完好，又可多加十倍。”（董鼎山语）不过也有例外，如重版或重印的图书经过很大的改动或补充，也应在收藏之列。像我国“五四”初期的一些文学书籍，在重版时由作者增写了序言，这些书就不管是再版三版，都有收藏的价值了。

真正对初版本收藏感兴趣的投资者，往往避开价值低于100元的初版本，因为其中95%不会看涨，其余5%则有光明前途。“这就要看收藏家有没有敏锐的眼光。投资的收藏家情愿出高价收集稀有版本。1975年时价五百元的珍本，今日可高达一千五百至二千元。”（董鼎山语）另外，文学书籍被当作古董，其价格的升降还受着文学批评家和学术研究者以及作家在文学界的名誉和地位的影响。名作家的身价最高时期是他刚死后不久之时，藏书家应该在这时通过拍卖市场出售死者作品。不久以后，死者即被慢慢遗忘，藏书市场对他的兴趣至少需过十数年才会复活。

毛边本的收藏

爱书讲究书籍的装帧形式是爱书家的天性。毛边书受到爱书家欢迎，正如鲁迅先生自称“毛边党”，他在1935年7月16日给萧军的信中说：“我喜欢毛边书，宁可裁，光边书像没有头发的人——和尚或尼姑。”唐弢先生则“觉得毛边书朴素自然，像天真未凿的少年，憨厚中带些稚气，有一点本色的美。至于参差不齐的毛边，望去如一堆乌云，青丝覆顶，黑发满头，正巧代表着一个人美好的青春”。

“毛边本”就是没有切齐书口的书。即书籍三边切口保持折帖原状，不将书边切齐而装订起来的书。其中，天头部分不切齐，只切地脚和翻口的，称为天头毛边。据唐弢先生考证，我国最早出版天头毛边，是从北新书局开始的。鲁迅先生著作的毛边本，都是这种样子。此前，毛边本大多毛在书根（地脚）。1926年创造社出版了一套文艺丛书，如郭沫若的《橄榄》、张资平的《冲积期化石》、歌德的《少年维特之烦恼》等，都是书口（翻口）和书根（地脚）

两边毛边，被唐弢先生认为是“不折不扣的正宗毛边书”。采用三边毛边的很少，在日本，常为诗集所采用，用裁纸刀裁后阅读给人以新鲜感。

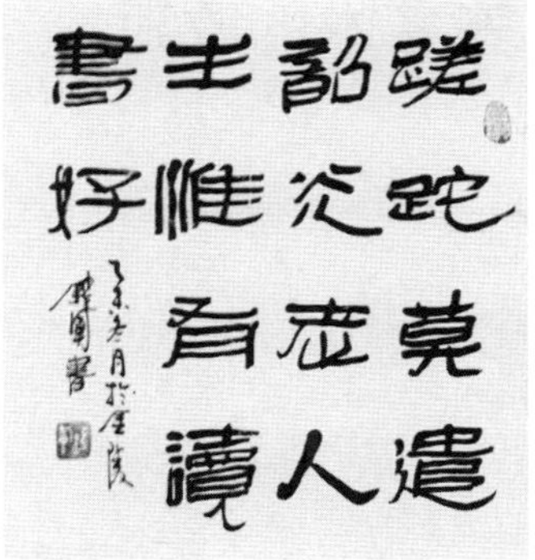

隶书翁森诗句斗方，钱军书
蹉跎莫遣韶光老，人生惟有读书好。

古时，法国为便于读者在阅读后按自己喜好重新装订，市面上销售的书几乎全是毛边书。在我国，毛边本在20世纪三四十年代曾流行过一阵。周作人、郁达夫等作家的著作以及当时的一些翻译小说，都曾有毛边本问世。此后一度归于沉寂。直至90年代初，又有少数作家出版毛边本，《余时书话》《雍庐书话》《董桥文录》等都印有少量毛边本。毛边本一般由作者或编者赠送，颇难获得。

签名本的收藏

1980年，北京姜德明先生在上海四川中路的旧书店买到有作者叶圣陶先生亲笔题签的散文集《西川集》，便写信告诉叶先生，叶圣陶在给姜德明的回信中道出了作家题签本的价值："您收得本人签名的书，确有趣味。签名本必有上款。又可以考究收书者何以不能保存，以至（致）传到旧书铺，此亦掌故也。"

上海陈子善先生的经历验证了叶圣陶先生的观点。陈子善在上海文庙的旧书集市上，曾如愿购得傅雷先生译于"风雨如晦的1942年初"，1947年4月由上海南国出版社再版的罗素的随笔集《幸福之路》，此书扉页上有"楚恩兄存念　傅雷"的钢笔题签。可楚恩先生又是何许人，一时无法查考。此书何以流入旧书铺，也是一个谜。没想到陈子善的小文《傅雷父子的签名本》见诸报端不久，就收到远在澳洲悉尼的沈铭德先生的来信，告知"楚恩，姓毛，上海交响乐团退休琴师，曾任首席，解放前一度任职工部局乐团，精谙英文，也是文化人，与傅雷交往，或以文会，或以乐和，当属常事。毛在‘文革’中亦受冲击，《幸福之路》因此沿着动乱之路，流散至文庙书市。”至此，“楚恩兄存念”之谜始告真相大白。

陈先生收藏的《幸福之路》不是初版本，如果是初版本，再有作家的题签，价值将更高。如果受赠者很有名，其价值尤高。据说50年代时，美国诗人T.S.艾略特有一次在一书局为读者签名售书。有一聪明的藏书家购了一本他的新书请他动笔。艾略特问：“题赠给何人？”藏书家答：“哦，请您写‘给亚仑·金斯堡’吧。”艾略特不假思索地如此照写。当时金斯堡不过崭露头角，这位聪明的收藏家却很有远见。这本书今日已成为极有价值的稀有品，而金斯堡自己尚蒙在鼓里。

有的作者题签还道出了图书的版本源流，也很有意义。南京作家薛冰，在旧书店偶得程千帆先生的《文学发凡》一书，1943年8月刊于成都，毛边纸排印，线装两册，内容形式均可爱。于是托书友请程先生题了一款：“这是我早年写的一份讲稿，曾先后用《文学发凡》《文论要诠》《文论十笺》三个书名，在金陵大学、开明书店、太平书店、广文书局、黑龙江人民出版社、辽宁古籍出版社印过六次。其中香港太平、台北广文是盗版。它写成于一九四三年，我三十岁，最近将其收入选集在辽宁重印，已八十二岁了！薛兵（冰）同志偶得已不易见的金大初版，因为题记之。九五年春　千帆。”

名人手泽本的收藏

“手泽本”，是指先贤名家的藏书，书上沾有藏书主人手迹。手泽本泛指有藏书人亲笔写的注记、批语题跋、校点或其他能够说明确是某人保存过的标志的所有书籍，像人们常说的手批本、手跋本等。

名人手泽本往往是文物价值和资料价值都较高，因为它们是了解名人思想成长历程中的不易获得的重要史料。远的且不说，如果你能收藏到流散于民间的毛泽东批阅的文史图书，一定很有价值。毛泽东无论是在戎马倥偬的战争年代，还是在日理万机的和平时期，都批阅过大量的文史图书，写下了大量的批语，可惜已有不少散失在外。中共中央文献研究室曾编辑出版了《毛泽东读文史古籍批语集》（中央文献出版社，1993年版）一书，也只编进了39部文史古籍的批语，如今已受到毛泽东思想研究者的高度重视，成为研究毛泽东思想不可多得的材料。

毛泽东批阅过的图书由中央档案馆等国家机构专门收藏，对个人来说，也许不易获得。而有些名人的手泽本是不易引人注意，但同样也是罕见的珍本。南京的薛冰先生曾于1992年4月21日，在苏州古旧书店发现了一本湮灭了近70年的珍本。那天他从书架上的两册《松坡军中遗墨》中抽出一册翻看，不觉发现上面有梁启超先生的铅笔批语共16则——“短者十数字，长者百余字，……间及梁氏自己行动，亦与其在护国战争中的经历一一吻合”（薛冰：《擦肩错过的珍本》），于是喜不自胜。该书“系民国六年七月中华书局印行，每部线装两方册，蓝色书皮，内芯连史纸影印，所收皆蔡锷在护国战争期间的信件及电文原稿手迹，共一百零七件。因此书年代晚近，内容多已收入《蔡松坡集》中，蔡氏又不以书法名世，且印制难称精美，故未为藏家和书店重视，尘封日久。”可一旦有了梁启超的手批，其价值就不一样了。姑且不论其本身的文物价值。就其中的批语来说，“梁氏批语除题记外均为梁氏著述所未载，似应定为新发现之梁氏佚文，对护国战争中梁氏南行、护国军内部矛盾、李烈钧违命、蔡氏功成身退等史事，及梁、蔡之情谊等，均提供了有价值的新材料。”从

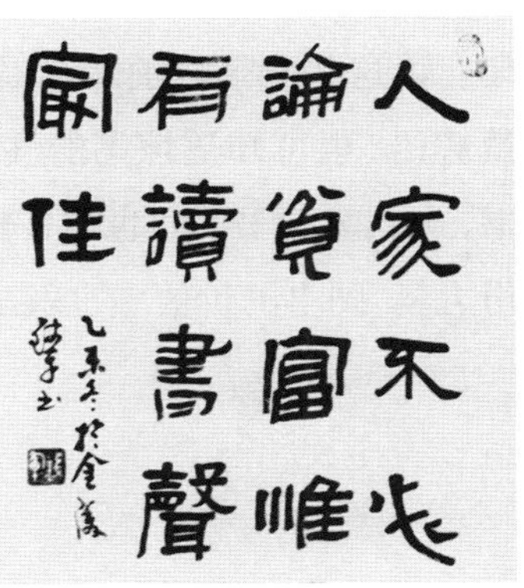

隶书翁承赞诗句斗方，钱军书
人家不必论贫富，惟有读书声最佳。

而使这本书不仅有了收藏价值，也有了学术意义。不料薛冰告于店主后，店主表示不能再将该书出卖，薛冰一直将此引为憾事。

前代藏书家收藏过的版本，特别是那些有名人题跋的书，也就是名人手跋本，很值得收藏。自宋开始的藏书家，如果新得异本或将书重新校过，往往系以题跋，才认为"不负此书"（叶德辉语）。这些题跋，有的论述该书的旨要，记叙作者时代、履历及成书之年代，如宋代晁公武《郡斋读书志》、陈振孙《直斋书录解题》；有的辩论图书的是非与作者的得失，如明代王世贞《读书后》；有的陈述书卷授受源流，如黄丕烈的《士礼居藏书题跋记》，就专记宋元版本的行字、新旧版本的异同等。据王世贞《香祖笔记》记载，金陵盛仲交家多藏书，每种书的前后书页上必有字，或记书所从来，或记他事，往往盈幅，均有钤印。读这些文字，"前辈读书，游泳赏味处可以想见。"（叶德辉语）也可知道该书的性质和承传关系。收藏这些图书，也就为图书的存世与传世续得了一份缘分，贡献了一份力量，图书的价值中也就蕴含了自己的一份因子。

书房的情趣

书房，可谓藏书家的第二生命，它是“一个有生命的有组织的大系统”（叶灵凤语），是一个有机体。一旦有了书房，没有一个藏书家不对书房的成长作规划打算，让它机能活泼、充满生气。

不过，版本家的藏书，他们是把书看作古董，关心的是版本的格式、藏书印章的有无等版本的价值；学者型的藏书呢，他们是抱着“开卷有益”的态度，计较的是图书内容的价值。由于藏书目的不同，他们对书房的规划、藏书的利用，自然也就不同。

清代藏书家孙从添（1692—1767）是把图书当作古董来收藏的，他认为，书柜的选择，必须用江西杉木或川柏、银杏木做成，紫檀、花梨小木容易泛潮，不宜用来做书架；书柜的式样要精工雅致，并请名手集唐句刻在书柜的门上；图书以经、史、子、集、释、道来类分，类名分别写在书柜上，并注明哪一类、第几柜，以及宋刻、元刻、明刻、旧钞、精钞、新钞等鉴赏字样；安置书柜，不可近窗靠墙；

案头之书，三天一整，不致错乱。同时，对图书的防潮、防盗、防虫等均有一整套办法。收藏图书，严谨而有序。

在作家和学者那里，书房又是另外一种景致了。他们的书房往往随意而有情趣。郑逸梅先生认为，“图书文物，缺乏生气，倘室内没有一些生香活色，那就必定遗憾。”于是，他就在书房中的雨花石、卵石瓷盆中，蓄着一棵剑麻，还有一盆水竹，读书写作之余，凝视欣赏一番，充满生活气息；他喜爱梅花，又在墙壁上悬挂了一些梅花幅，如《纸帐铜瓶室图》《一帘疏影》等，构成一个清幽境界；床侧是周星诒书写的楹联：“如南山之寿，居东海之滨”；桌上也堆满了各种图籍文物，他“偃蹇其中，自以为乐趣无穷”。

台湾女作家喻丽清也对书房中的“花”有过专门论述，她说：“书房中最宜放置盆栽。所谓：长盆栽翠绿，宜石作峰峦——案头的山水，可把大自然的气息浓缩于方寸之间。”“插在书房里的花，最好是清雅而简单的。多不如少，艳不如柔，香不如淡。”“书房里的花，在我，是朋友，不是装饰。”（喻丽清《书房与花》）毕竟书才是书房的主体，盆景、鲜花、楹联之类只是书房的点缀物。而作家与学者们对书房的主体——“书”的收藏与利用，也是充满诗意的。

闻一多的书房，与“闻一多先生的书桌”一样，充实、有序而乱。“他的书全是中文书，而且几乎全是线装书。

在青岛的时候，他仿效青岛大学图书馆庋藏中文图书的办法，给成套的中文书装制蓝布面，用白粉写上宋体书的书名，直立在书架上。这样的装备应该是很整齐可观，但是主人要作考证，东一部西一部的图书要从书架上取下排列起来，其结果是短榻上、地板上、唯一的一把木根雕制的太师椅上，全都是书。那把太师椅玲珑帮硬，可以入画，不宜坐人，其实亦不宜于堆书，却是他书斋中最惹眼的一个点缀。”（梁实秋《书房》）

据梁实秋所说，“潘光旦在清华南院的书房另有一种情趣。他是以优生学专家的素养来从事我国谱牒学研究的学者，他的书房收藏这类图书极富。他喜欢用书搪。那就是用两块木板将一套书夹起来，立在书架上，他在每套书上系上一根竹制的书签，签上写上书句。这种书签实在很别致，不知杜工部《将赴草堂途中有作》所谓‘书签药里封尘网’的书签是否即是此物。光旦一直在北平，失去了学术的自由，晚年丧偶，又复失明，想来他书房中那些书签早已封尘网了！”（梁实秋《书房》）

作家林语堂极力反对将图书分类保管。“把书籍分类是一种科学，但不去分类是一种艺术。你那五尺高的书架应当别是一个小天地。必须把这本诗集搁置在科学的文章之上，同时使一本侦探小说与名人著作并列。这样安排之后，一个五尺书架会变成搜罗广博的架子，使你觉得有如天花乱坠。如果架子上只有司马光的一套《资治通鉴》，当你无心去看《资治通鉴》的时候，就变成一个空空如也的架子。……古老的城市如巴黎与维也纳之所以耐人寻味，是因为你在那里住了十年以后，也不确知某一个小巷中会有什么东西出现。一个图书室也是同样的道理。”（林语堂《我的图书室》）这种保存图书的方法，也是“使书籍任其所在的方法”。之所以受到作家们的欢迎，是因个人的藏书普遍都依个人喜好而来，收集的范围不会像图书馆那样全面系统。这种方法的好处有三：第一，不规则的美丽构成“错落之美”。第二，兴趣的广泛不同。不同的书籍混在一起，俨若各持己见地在争辩着。第三，用之便当。随手都能找到书翻读。不过，对图书予以科学的分类保管，确实能提高查找的效率。但这样的缺点是花费的时间过多，而且也失去了许多意外的喜悦和发现。

胡适的藏书并不多，但他为了写《中国哲学史》时，“书确是很多的”（罗尔纲《师门五年记·胡适琐忆》）。到北平后，他让罗尔纲干的第一件事情，就是帮他整理藏书。“先摆书架，客厅后过道大约摆三架，大厅把书架围成书城，胡适书房也摆三架，总约二十架。”他的书没有编目，但却“要本本都检阅过，凡没有写书头的，都要补上，以便一眼就看清楚。胡适记性非常好，哪一部书放在哪一架哪一格都记得清清楚楚，全部的书目都在他的脑中。书房第三架是空架，留着放手头用书。”新买的书也放在那里。胡适对图书的利用也很有特色。他从不用卡片，凡读过的书中有用的地方，他就用红、黄、蓝三色纸夹在那里，到了要用的时候，一翻就得。

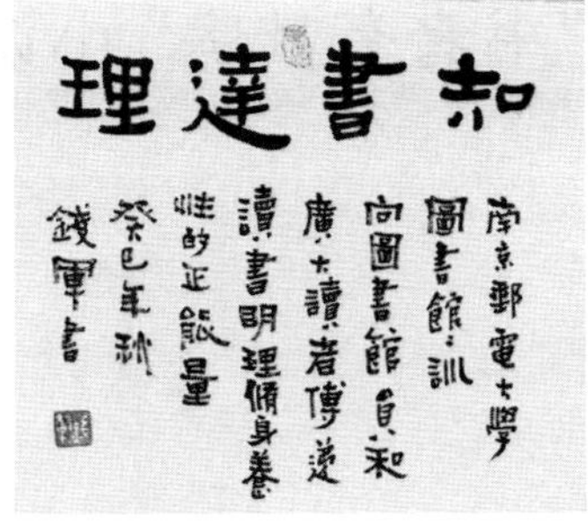

隶书知书达理并跋斗方，钱军书

书房的构筑是一门艺术，它是要为藏书家建起一个书香盈室的幽雅的文化气氛，罗曼·罗兰说：“任何作家都需要为自己筑造一个心理的单间。书房，正与这个心理单间相对应。一个文人的其他生活环境、日用器物，都比不上书房能传达他的心理风貌。书房，是精神的巢穴，生命的禅床。”（余秋雨《藏书忧》）日本爱书家斋藤昌三也曾写过一篇《书斋杂谈》，论及书斋的生命：“书斋是生长着的。书斋本来是一个有机体，不断地新陈代谢，万古常新，故会有生气。当丧失了这种新陈代谢，机能衰老时，成长即告停顿了。成长已停止了的书斋，则纵有藏书数万卷也不过是书斋的坟墓罢了。”

“书者有其房”小议

书房是藏书、读书与写作的场所。中国学者一向把它看得十分重要。在中国的神话传说中，天帝也有藏书处，即“琅嬛福地”。据《琅嬛记》记载：“张华游于洞宫，遇一人引至一处，别是天地，每室各有奇书，华历观诸室书，皆汉以前事，多所未闻者，问其他，曰：‘琅嬛福地也。’”这实际上是一个读书人假托于神仙梦幻而构建自己的书房之梦。

相比之下，欧美等西方国家的读书人，对读书、藏书处所的要求则要随便得多。“美国人家中有书桌的，百中无一。美国人要读书，都在吃饭的桌子上边。美国人不见得家家都有饭厅，没有饭厅的人，吃饭的桌子，就在厨房内，因此，厨房就是美国人的书房。”（梁厚甫《美国人的读书态度》）季羡林先生说“中国是世界上最喜爱藏书和读书的国家”（季羡林《藏书与读书》），还是很有道理的。

倘论书房，现在的藏书者真要羡煞古人。你看近代的叶德辉是怎么说的：“藏书之所，宜高楼，宜宽敞之净室，宜高墙别院，与居宅相远。”他认为藏书应建高楼，并远离居住的地方。现在的人能有一间书房已属不易，怎么敢有这样筑楼藏书的奢望呢？所以，梁实秋就只能说出“一个正常的良好的人家，每个孩子应该拥有一个书桌，主人应该拥有一间书房”（梁实秋《书房》）的话了。再看看如今的许多专家学者，爱书与恨屋成了他们的欢乐与忧愁。就连人称“补白大王”的郑逸梅（1895—1992）先生，“虽然自署‘纸帐铜瓶室主’，却不过十平方米一间小屋，堆满了书籍杂物，几无插足之地。”（郑逸梅《谈谈我的陋室》）孙中山先生曾呼吁过“耕者有其田”，对现在的藏书、爱书者来说，则应该是渴望“书者有其房”了。

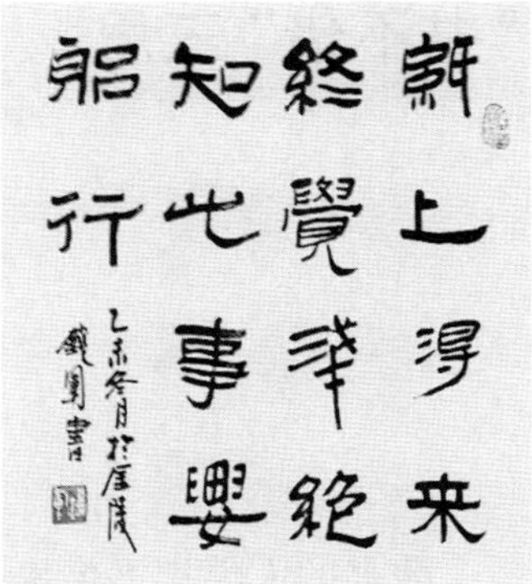

隶书陆游诗句斗方，钱军书
纸上得来终觉浅，绝知此事要躬行。

“书不借”三思

藏书的人怕把书借出去，古今皆然。近代的叶德辉甚至在自家的书橱上贴上了“老婆不借，书不借”的条幅，活生生地道出了爱书人由于怕人“借书”而带来的烦恼。叶氏的话虽然不太雅，却反映了藏书楼时代人们处理别人借书的基本态度。在古代，有的藏书家甚至把借书提升到“不孝”的严重程度。如范声山《吴兴藏书录》引《湖录》云：“唐尧臣，武康人，为开建尹，有别业万竹山房，构楼五间，藏书万卷，书上有印曰：借书不孝。”

近代以来，此种态度一直受到世人的攻击，认为古往今来图书的散失，原因皆在于“藏之一地不能藏于天下，藏之一时不能藏于后世”（清朝周永年语），特别在近代西方的先进印刷技术传入中国以前，记载人类文明和知识的图书远远不如今天这样普及，图书的印数极为有限。所以，明末清初的曹溶——我国最早提出藏书开放思想的藏书家，认为古书若在常人之手还有阅读和传世的希望，一旦归于藏书家，就要密藏不传，永世不得再见天日。

他主张藏书要传抄和出版。

私人藏书毕竟不同于公共藏书,如今的私家藏书者依然存在着怕人借书的烦恼。曹溶曾痛斥:“特我不借人,人亦决不借我,封己守株,纵累岁月,无所增益,收藏者何取焉?”对此,现代藏书家隐痛的心灵只能是无言以对。人们又何尝不懂得这样的道理?如果说,旧时的藏书家不喜欢把自己的书借给别人,“是因为他们既不将书籍当作是求学问的工具,也不当作应该公诸大众,至少应该公诸同好的可以陶养性情的艺术品,而是将书籍当作是私人的秘玩”(叶灵凤《借书与不借书》),那么,现代的藏书爱好者不愿意把书借出去,决不是曹溶的几句痛斥就能简单地解释的。历史上,许多爱书家、藏书家都写下了关于“借书”的书话文字来诉说内心的烦恼。要较好地解决藏书爱好者怕把书借出去的问题,恐怕需要借书者和被借书者之间达成一定的心理共识。我们不妨以我国现当代的一些知名藏书、爱书家为个案,来剖析借书者与被借书者之间的心理隔阂,以期达成共识,并进一步形成藏书爱好者之间交流藏书时相互遵守的文化道德规范。

书归还时被污损,大概是令藏书者最为头疼的事了。我国当代文化名人、上海戏剧学院教授余秋雨坦言:“这虽是外在形态的问题,对藏书的人来说却显得十分重要。”(《文化苦旅·藏书忧》)藏书家黄裳先生也曾说过:“怎样读书,其实也是衡量文化水平高低的一种尺

度。”(《榆下说书·西泠访书记》)

我国自古有爱书的光荣传统,怎样读书,一向很有讲究。一些人在读书时,常常习惯用舌头舔一下手指,然后再用手指翻书,这是不可取的。相传《金瓶梅》的“作者”,就将书叶下角浸了毒液,送给严东楼,当他用那种手法读得津津有味时,就不觉地中了毒。此外,用指甲去划开书面,掀开书页;翻开书面后,沿书脊用手心将之来回压平、翻卷,都是要不得的。无论什么书,不只是善本,都受不了这样的待遇,对于借来的书就更不应该如此了。所以黄裳先生建议:“诸如此类,必须订一种规程,即使有些烦琐,也还是省不得。”据说鲁迅先生就有看书前洗手的习惯,是值得我们学习的。

借书必须及时归还,这是另一个借书道德。现代著名爱书家叶灵凤分析道:“与其劝人借书给人,不如劝人借了书应该归还,因为有人借了书不肯还,才有人吝啬不肯将自己的书借给别人。”(《借书与不借书》)事实上,确实有人借了书就不想还。赵令畤在他的《侯鲭录》中就记录了一个专门借书不还的人,那人“不录不读又不还,便为己有”。

不过,如今这样故意不还的人大概已不多,更多的是书借去后彼此忘掉。余秋雨就曾在一个朋友家中发现一册不知何时借出去的《阅微草堂笔记》,而“这位朋友是位极其豁达大方的人,平生绝无占他人便宜的嫌疑,他显然是忘了。”(《文化苦旅·藏书忧》)他见余氏看得入神,就爽朗地说:“你要看就借去吧,我没什么用。”当时在场的人比较多,还有他的妻子儿女,身为儒雅之士此时还能说些什么呢?余氏在文章中提到这件事,还这样顾及他的面子:“好在他不在文化界工作,不会看到我的这篇文章。”

如果说专门借书不还的一类人十分让人痛恨的话,余秋雨碰到的情况则有些让人一笑了。这两类人应该分别对待。对付前一类人,我们不妨像已故藏书家赵景深教授那样,借书必须登记。如果借了一段时间未还,或者他临时要用,借书者就会收到他的一封信,信封下端一律盖着一个长条蓝色橡皮章,印着他的地址和姓名。但这种做法也有弊端,首先是占用了藏书者过多的时间;其次,如果藏书者不是藏书名家或德高望重的话,大抵没有这样做的勇气。况且,毕竟故意不还的人是少数,这样可能会伤害朋友间的感情,或引来非议。余秋雨就说过:“我生性怯懦,不知如何向人催书。”(《文化苦旅·藏书忧》)事实上,如果不会催书,这种做法就没什么意义了。即使是叶灵凤这样的知名爱书家,也只能对着借书记录,感怀那些久不归还的图书:“看来永无归还的希望了。”

所以,要避免有借无还的现象,关键还在于借书的一方。借来的书不要转借给别人,要尽快看尽快还,这些都是最基本的借书道德。

对于藏书交流过程中的“图书污损”和“有借无还”

现象，我们已经针对借书者提出了一些想法，那么，作为藏书的主人又能做些什么呢？

喜爱藏书的人大都拥有自己的藏书印或藏书票，我们不妨在这方寸之地动动脑筋。英国一位牧师在自己的书票上写下了这样一句警句：“大胆借书，小心护书；耐心读书，毅然还书。”瞧，多么豪放，多么堂正！虽然只有16个字，却铿锵有力，言简意赅。17世纪中叶，德国有一位教授在藏书票上写的是一首拉丁诗，假借书本的口吻唱道：“他买下了我聊供自娱，借出去只求人逐页细读；你忠厚，就该归还原主，霸着我不放，你就是小偷。”教授不仅不反对人家借他的书，还劝人细读，真是大家风范。劝人别霸着不放，也是合情合理的。

还有这样一种情况，当藏书者在应用自己的藏书进行研究、写作的时候，也许是为了查找某一个资料，有时急需某一本书，却遍寻不得，记不得被谁借去了，结果被弄得心烦意乱。其实这样的情况是怪不得借书者的，因为不管怎样，这样的书当初就不该借出去。虽然“老婆不借，书不借”的做法不足取，什么书都借也不对。

哪些书该借，哪些书不该借，是有讲究的。这要从两个方面来考虑：一要看借书的是什么人；二要看借的是什么书。如果借书的人是专门不还的一类，自然是不借。如果不是同好，不是能爱书、欣赏书的人，也应不借，因为借书不是施舍。借书给人的心情，决不是说句“我看完了，你拿去吧”这样的不在乎图书有无的薄情汉所能理解的。正如叶灵凤所说：“借书给人，好像是将自己的一部分借给了别人，在沙漠的旅途上将自己的水壶慷慨地授给同路者。他所希望的乃是获得一个伴侣和同好者，能够共享自己所已经感受到的满足和愉快……”借书给人也是精神的需求。

至于什么书不宜外借，是因人而异的。一般说来，常用的工具书、跟自己最近的兴趣有关的书、跟自己最近的研究课题有关的书，最好不要外借。

隶书宋琬诗条幅，钱军书

打造“家庭书文化”

记得有一则笑话，大意是说一位女孩调侃一位手不释烟的瘾君子：

“将来等你有了儿子，他一出生将乞求他妈妈：‘给我一根烟吧！’”

瘾君子反驳道：

“照这么说，教授的儿子出生后说的第一句话将是‘给我一本书吧！’”

这样的想象也许是构思小说的好素材，我想，无论是“烟瘾”还是“书癖”，恐怕都不是由人的生理基因决定的，倒是后天家庭文化的熏染有着滴水穿石的力量——我姑且言之为“文化基因”。人的生理基因是由父母赋予的，而文化基因则首先是由家庭文化所确定的——当然也是社会文化的产物。同时，每一个家庭相对于社会文化来说，也是一个个的社会文化基因。

当我们审视生命的时候，我们发现，总有一股力量在左右着人生，总有一些东西是不能改变的，这就是文化的力量。“全方位地营造家庭书文化氛围”的理念，是我从我25个月的女儿迷恋“麦当劳文化”的经历中悟出来的。

记得自从我的寓所附近开张了一家麦当劳餐店以后，女儿最爱去的地方，不是红山森林动物园，也不是玄武湖，而是麦当劳。每逢天朗日丽的双休日我逗她：

“想让爸爸妈妈带你去哪儿玩?”

她准会眉飞色舞地告诉你:“麦——当——劳。”

其实我知道，两岁的小孩并不是嘴馋那里的麦乐鸡或蔬菜海鲜汤，留恋的是色彩绚丽的玩具和滑梯(爬滑梯是她最喜爱的运动)，喜爱两岁生日时参加的生日派对，喜爱听着“祝你生日快乐”的歌曲嚼着薯条的感觉，喜爱与麦当劳阿姨做游戏……以至回到家还决意用麦当劳的碗勺吃饭，称呼家人也冠以“麦当劳”的品牌(如称呼我们是麦当劳爸爸、麦当劳妈妈等)。这就是弥漫在麦当劳的特有的饮食文化氛围。人天生是懂文化的，谁能说麦当劳推销的只是餐饮，而不是一种文化呢?

书文化是家庭文化的重要组成部分。营造家庭书文化氛围，并不是要孩童认识更多的字，相反我认为，过早地强迫小孩识字，可能反而会挫伤其天生就有的对图画书的好奇心。营造家庭书文化氛围，就是要培养孩童的阅读情趣，让阅读变成一件快乐的事情；就是要培养懂书的孩子，而不是识字的工具。兴趣的培养要比知识的灌输重要得多，当然也要困难得多。

记得梁实秋说过："一个正常的良好的人家，每个孩子应该拥有一个书桌，主人应该拥有一间书房"(《书房》)。台湾经济学家、现任美国威斯康星大学经济系教授高希均先生在《构建一个干净社会》一书中也提倡："家庭中应以书柜代替酒柜、书桌代替牌桌，转移上咖啡馆与电影院的金钱与时间来买书、来读书。"

《早期文字教育》一书的作者琼·布鲁克斯·迈克雷纳和吉列·多利·迈克纳米，在研究了儿童的读写行为后发现："儿童之所以对读书和写字感兴趣，是因为他们在观察和参与这些活动时还有水平较高的书写者和读者参与——尤其是父母和年龄较大的兄弟姐妹。"确实，营造孩子的书文化世界，家庭成员的参与固然很重要，但对中国的家庭而言，尤为重要的，是要能超越观念的樊篱。最近市场上有一本很流行的书，叫《千万别管孩子》。显然，这样的观点是经不起推敲的，是为了打造市场效应。说得玄一点，"别管"也是一种管法，管得别让孩子觉得你在管他，才是一种高境界。

打造家庭的书文化氛围，就是为了达到"不管而管"的效果，从而抓住儿童早期文字教育的最佳时期。

（写于2001年12月25日）

中辑　书林采香

“驿站到底”

记得上初中的时候，有一位同窗家住邮局的后面，其父在邮局工作。小镇不大，我每天放学回家，常常路过邮局，那时候放学比较早，有时放学后我就随那位同学先到邮局玩耍，大人们忙着分拣信函，偶尔看到信封上有点意思的邮票，我就用一块湿布轻轻将其蘸上水，然后再小心翼翼地揭下，待晾干后夹到书本里。至今家里还有几张那时如此“收集”来的邮票，其实我并不集邮，只是觉得好玩罢了。

等我1990年从南京大学毕业以后，分配到当时的南京邮电学院（现南京邮电大学）工作，这“邮电”二字，最初让我联想到的，便是初中时所见的邮局里分拣信函的场景。后来我了解到，“邮政”和“电信”，在古代称为“邮驿”，又称“驿传”。我与南邮的缘分，称为“驿缘”是最合适不过的了。

我在南邮工作的第一个岗位，是图书馆办公室的秘书，兼报纸库的管理和校读书协会的指导老师。图书馆的工作和古代驿站有许多相似之处。说通俗点，图书馆不正是现代意义上的知识驿站吗？在古代，驿站是供传递官府文书和军事情报的人或来往官员途中食宿、换马的场所，用现在的话来说，驿站是将信息传递到不同空间的基本设施。而图书馆呢，何尝不是将知识和信息在不同时空进行传递的场所？图书馆就是以书籍为载体，将知识从过去传递给未来，从作者传递给读者。从这个道理上讲，图书馆的馆员，就是知识驿站的一名驿差。我们所处理的“信函”，不是古代的“尺素”，而是现代的“书籍”。在古代，“尺素”亦称“书”，抑或巧合还是古人的先知先觉？作为图书馆的一名“知识驿差”，我们的工作便是将“书”“知识”“信息”传递给需要它的人们。而图书馆，也正是读书人进行文化充电、书林憩寓的“精神

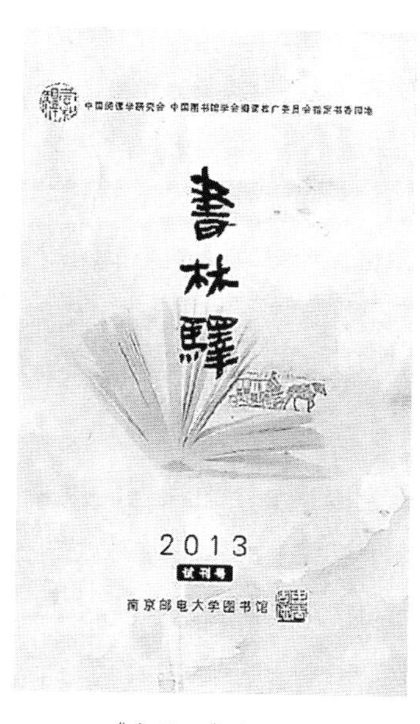

《书林驿》试刊号

驿站”。将青年学子吸引到书林驿站，如果使其发现有点意思的风景，愿意将其采撷收藏到人生这部大书的“书页”中，正是我们这些书林驿差的本分。

南邮校园里的“书林驿站”，除了图书馆以外，还有一个重要成员，即读书协会。南邮的读书协会，由图书馆创办于1986年，最多时有会员近千人。在图书馆领导的支持下，读书协会当年还办了个小书屋，由图书馆提供场所，书屋租书所得租金，主要用于购买图书和支持会员“以文会友”的小型活动，三好亭旁、眼镜湖畔、紫藤廊下……在“读书无用论”蔓延的年代，活跃着读书协会大批会员倡言读书的身影。当年共事的几位会长和骨干会员，如今也都在各自的单位成为了管理骨干和业务骨干。

读书协会在联系图书馆和读者之间发挥了桥梁纽带作用，由图书馆牵头组织的读书活动，读书协会也扮演了积极参与和协助组织的角色。图书馆经常以重大节庆日、历史事件为契机，结合社会热点，不定期开展阅读推广活动，1999年秋，图书馆与宣传部等联合举办“世纪之光——南邮大学生首届读书节”，《南京日报》、南京经济台等报纸和电台都进行了热情洋溢的报道。近年来，我们图书馆组织开展的读书月、读者之星评选、读书征文、驿缘讲坛、毕业季等活动，成为阅读推广的主要载体和形式。

据记载，唐制三十里置驿，可见我国古代邮驿事业之发达，其成就已成为我们今天现代文明的重要基础。驿，古同“绎”，有络绎不绝、连续不断之意。同样，阅读推广事业也需要与国家经济社会的发展持续同步推进。“开展全民阅读活动”已经被首次写进党的十八大报告，今年，全民阅读立法已列入国家立法工作计划，《江苏省人民代表大会常务委员会关于促进全民阅读的决定（2014年）》也将列入《江苏省人大常委会2013—2017年立法规划项目》。作为人才培养和文化传承创新重要阵地的高等学校，更应将阅读推广“驿站到底”。今年上半年，我们图书馆作为承办单位之一，承办了中国图书馆学会阅读推广委员会图书评论专委会主办的全国馆员书评征文活动，暑假一同进行征文评比时，南京大学教授、江苏省政协常委徐雁先生席间建议我们将这份小刊物命名为《书林驿》，真有酣畅淋漓之快！但愿这本小刊物，能成为在南邮传播书香、让学子沐浴人文的精神园地，成为南邮校园里的另一个重要“书林驿站”。

（写于2013年10月，原载于《书林驿》第1期编后语）

而今迈步从头阅

马年快到了，我们的《书林驿》创刊了。

阅读，自古便是贵族人的特权，随着时代的发展，她终是阻挡不住时代的大潮，不断放低自己的身姿，降低自己的门槛，逐步大众化、平民化。

先是随着公共图书馆的普及，“养在深闺人未识”的图书，得以走进寻常百姓家。当20世纪70年代末、80年代初，“读书无禁区”“图书馆应该四门大开”的呐喊余音未了，90年代的一代年轻人便貌似率真地高喊着“我是流氓我怕谁”“无知者无畏”“玩的就是心跳”，公共图书馆带来了便于知识传播和知识普及的同时，挑战的正是“求知”“求是”“求真”“求善”的传统读书精神，这恐怕是董秀玉、范用、李洪林、曾彦修等一批历经荣辱的文化老人始料未及的吧。

接着又是网络的出现，阅读进入“微”时代。阅读，从未像今天这样唾手可得。无论是“深阅读”与“浅阅读”的争论，抑或“网络阅读”与“传统阅读”的是非，都使得有识之士惊叹“阅读的危机”（吴晞），反思中外名著为何“死活读不下去”（贾梦雨），质疑“互联网真的正在把我们变蠢吗？”（徐才明）。

技术，始终是推动阅读大众化的第一力量。造纸术、印刷术、复印影印、数据库技术、网络技术……都是如此。也许，还会有层出不穷的新技术不断推动着知识的普及，这是阻挡不住的时代潮流，伴随着阅读大众化的进程，带来了知识的廉价，包括价格的低廉、获取方式的便捷，这本身无可厚非。但阅读门槛的降低、知识的廉价与贬值，使得我们每个人似乎很容易就变得“博学”；全民知识提升的时代，人人都变成了创作者，而欣赏者、鉴赏者的数量寥若晨星。当知识变得廉价的时候，也就缺乏了对知识应有的敬畏与敬重。

我们的《书林驿》，能做些什么？

不求轰轰烈烈，但求润物无声。林语堂说，“读书的主旨在于排脱俗气”（《论读书》），“教育和文化的目的不外是在发展知识上的鉴赏力和行为上的良好表现。有教养的人或受过理想教育的人，不一定是个博学的人，而是个知道何所爱何所恶的人。”（《人生的盛宴·文化的享受》）也许，我们并没有耳提面命说教的资格和能力，我们希望“驿站导读榜”“学友荐书录”中的篇章，只是娓娓地述说，细细地咀嚼，慢慢地品尝——“山水有缘再相逢，天涯相知若比邻”，好书不应该寂寞，人与书若能相逢相知，亦是一种机缘。

如果说技术是推动阅读大众化的第一力量，那么，文化则是塑造人们行为上良好表现的第一力量。“读诗书的女子，动则女王之气，静则碧玉之气；男子饱读诗书，动则心怀天下，静则超凡脱俗”（《书情信》），可是，“昏黄灯下细细翻书，留心摘抄的‘读书生活’似乎已经成了老一辈人的专利”（《Pad向左，我们向右》），所以，我们还希望，“驿缘文化站”能保留一些文化的风景。我们深知，我们不能引领风尚，但愿保存一些能熏染人们良好行为的文化风景罢了。

于是，我们想营造一种意境，一种文化的意境，一种书文化的意境。

在这样意境中，让读者耳濡目染，懂得对好书的欣赏、对文化人的赞赏、对价值的鉴赏，进而获得身心愉悦的心赏。《书林驿》的试刊号，我们还印行了200册的毛边本，也是希冀借此让读者得以对版本的观赏。

“赏”这个字很有意思，是形声字，从贝，从尚，尚亦声。“贝”指“贝币”“钱财”；“尚”指“摊开”“展平”。“尚”与“贝”联合起来表示“把贝币（在案几上）摊开”。

在这样一个缺乏鉴赏、欣赏的时代，就让我们一起，把阅读文化海洋中的精神“贝币”，在《书林驿》这个“案几”上摊开吧。

（写于2013年12月29日，原载于《书林驿》第2期编后语）

阅读炼精神

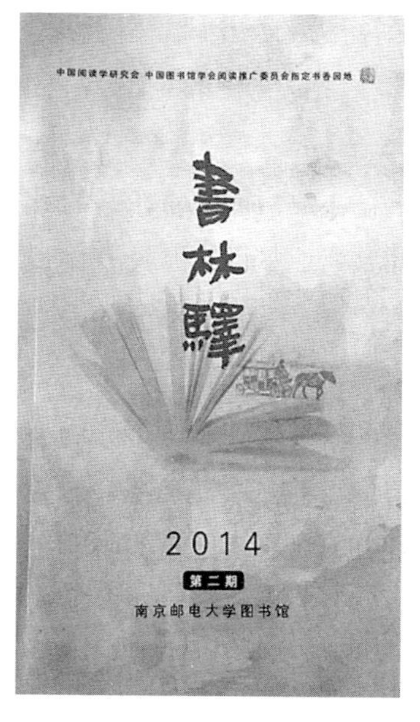

《书林驿》第3期

世界就是这么充满着矛盾，比如，教育普及了，但爱好读书的人口却持续下降；阅读便捷了，但思考的大脑却越来越懒惰；生活节奏加快了，但寂寞感却时常在身边徘徊。“教育”与“读书”，“阅读”与“思考”，“忙碌”与“寂寞”，似乎成了两张皮。

问题的关键在哪里？我联想到前些年台湾著名经济学家高希均先生提出的“新读书主义”，他说，

——身心再累也要读书；工作再忙也要谈书；收入再少也要买书；住室再挤也要藏书；交情再浅也要送书。

——最庸俗的人是不读书的人；最吝啬的人是不买书的人；最可怜的人是与书无缘的人。(高希均《阅读救自己》,人民出版社,2011年版)。

新读书主义的要义，在于把生活与书联系在一起。就像空气、水、阳光是我们躯体的必备养分，书，应当成为我们精神生活的有机元素。“精神”的缺失与缺位，正是问题的要害所在。

或许，我们读书的目的是为了寻找一个可以交流的伙伴，“知识给予知识分子之最宝贵的能力是思想的能力。因为靠了思想的能力，无论被置于何种孤单的境地，人都不会丧失最后一个交谈伙伴，而那正是他自己。自己与自己交谈，哪怕仅仅做这一件在别人看来什么也没做的事，他足以抵抗很漫长很漫长的寂寞。”(梁晓声《论寂寞》)

或许，我们读书的目的仅仅是为了读书，为兴趣而阅读。袁逸先生在《今晚我不思考人生，我只翻书——谈闲暇阅读及闲杂书》中谈到，闲暇阅读“可将专业阅读以外的一切自主阅读纳入，博览杂识，百无禁忌。其阅读动机可以说无,因为喜欢,所以愿意；与兴趣喜好相关,与事业功名无涉”。

排解寂寞也罢，兴趣使然也罢，阅读在丰富精神、涵养性情的过程中，使人不断老成练达、磨形炼性。“炼”这个字，从物理上理解，指的是“用火烧制或用加热等方法使物质纯净、坚韧、浓缩”；从精神层面，可解释为通过给予正能量使人的内心变得平和而坚毅。山水开眼界，阅读炼精神。

所以，无论是《约翰·克利斯朵夫》中的“成长、友情、爱情、家庭、事业、信仰”，《流浪的诗圣》中杜甫的“贫穷、疾病、无休止的辗转流亡”，《边地人生：来自布朗族的影像档案》中的民族文化风情，《傅雷家书》中的亲情与家庭教育，还是《平如美棠：我俩的故事》中“夫妻俩生命起浮的故事”，在我们的生活中都是那么的触手可及，我们看到的，是一幅幅精神生活画卷。

而“学友荐书录”中推荐的“净化心灵提升能量”的10种书，又好似一味味针对大学生心理现状的精神良药，好书能成为良药，吐故纳新，点化阴质，使之化为阳气，丰盈精气神。钱锺书先生说过：“洗一个澡，看一朵花，吃一顿饭，假使你觉得快活，并非因为澡洗得干净，花开得好，或者菜合你的口味，主要因为你心上没有挂碍。”（《写在人生边上》）专注于阅读的灵魂，让我们心无挂碍，获得精神上的能量与愉悦，进而起到心灵保健与疗愈的作用。

路边的树木渐渐换上了新的绿芽，知道春天来了。李克强总理在2014年政府工作报告中，把“倡导全民阅读”列入政府2014年重点工作，那是精神和文化的春天来了。

（写于2014年3月5日，原载于《书林驿》第3期编后语）

阅读滋养慧根

韶华流水，光阴荏苒，又到了一年一度的毕业季。也许带着些许憧憬，也许带着一些眷念，也许心怀感恩，也许心怀忐忑，对于即将走上社会的莘莘学子来说，“理想”与“现实”、“美好”与“残酷”的交织，已摆在面前，成为无法回避的人生课题。

青苹果很可爱，却是苦涩的。“青涩”这个词，形容二十来岁的青春，是最恰当的。不要埋怨世事纷繁，不要感叹事态诡谲，其实，只要有人的地方，就会有矛盾，关键是我们如何看待矛盾。

“这个世界会好吗?”1918年11月7日，梁济(1858—1918)这么问儿子梁漱溟(1893—1988)。正在北京大学当哲学讲师的儿子回答说:“我相信世界是一天一天往好里去的。”“能好就好啊!”梁济说罢离开了家，三天后，投水自尽。也许，梁济先生是对这个世界绝望了，才痛下决心离开这个世界；也许，梁漱溟先生正是相信世界会慢慢好起来，才支撑他活了95年。

有知识未必有信仰，有技能未必有智慧。“慧”这个字，原系佛教用语，指“心系于事”。上面的两个“丰”字分别代表国事和天下事，中间的“彐”字代表家事。从字面上看，家事、国事、天下事都放在心上，称之为慧。以“心”为底，说明慧是一种精神，一种状态，当一个人能潇洒处事、坦荡为人，能以不屈的精神面对挫折和困惑，心中装着这个世界，而不是一己之私，我们就说他有慧根。培育慧根，不仅仅是知识的积累，也不仅仅是实践经验的增加，更需要思想的顿悟，关键是多闻多读多思，其重要路径是阅读人文经典。因为，“读书会增加人的阅历，多读一本书，你就多增加一份经验”，使人获得思想，进而创造思想（李树德《读书是一种教育》）。所以，我们就能理解，为何郭齐勇先生力倡“通识教育的课程应当着眼于吸引学生阅读经典”，呼吁“人文教育从经典导读出发”了。

于是，本期《书林驿》隆重推出了中国阅读学研究会编制的《2014—2015阅读年度校园读物推广好书榜（36种）》，这是一份人文经典与畅销好书并举、助力提升慧根的榜单。

我们还推荐了“以史诗般的恢弘气势，全景式地展现了中国城乡改革开放时代的社会生活”的《平凡的世界》;《这些人，那些事》呈现给读者的，是“对父母养育之情的感恩，对兄弟手足之情的牵念，对朋友携手之情的温暖”;《自由在高处》告诉我们，所谓的自由，就是“我们无法选择要不要来到这个世界，无法选择自己的父母”，可是“我们可以选择以怎样的方式去面对人生”，气馁、绝望、憎恨，都是无济于事的；《优雅的理性》从经济思维阐明了“可以得罪家人，却不愿意得罪朋友；可以得罪父母会觉得歉疚神伤，对不起朋友却没有类似感受的”吊诡现象；《不分心》让我们明白，大多数人的苦，都是外来之苦，“当我们不再批判自己，不再伤害自己，能够以宽容和善意的态度接纳自己，达到觉知的自由，那么将会十分平和地看待心中升起的‘贪、嗔、痴’，也将避免了这三种念头所带来的苦楚”。

阅读的目的，在于升华精神，坚守信念，造就慧眼，涵养慧心，以至于“理解时代，感念亲情”。正如法国作家莫泊桑在小说《人生》中所说的，“生活不可能像你想象的那么好，但也不会像你想象的那么糟”。对世界看得如此明白，蕴藏了何等的“慧根”啊！梁漱溟先生何以在一个战乱动荡的世纪，活得那么硬朗豪气、那么有滋有味？是因为他做到了“在一个令人悲观的世界里带着乐观的希望做我们应该做的事”。

（写于2014年6月13日，原载于《书林驿》第4期编后语）

阅读乃图书馆之魂

阿根廷国家图书馆原馆长、著名作家博尔赫斯(1899—1986)有一句经典名言,大意是说:“如果有天堂,天堂应该是图书馆的模样。”

这一句话,已经被无数的媒体和作家所引用,用来说明图书馆的重要。可是,图书馆的模样千差万别,有的富丽堂皇,有的青砖碧瓦;有的牙签万轴,有的则小巧雅致。当然,是不是还有些图书馆没有达到“天堂”的软硬件标准?或许有了“图书馆”之名,而无“天堂”之实?

所以,我们细细咀嚼博尔赫斯的这句话,可以做一些深思考:第一,天堂为什么是图书馆而不是其他书业实体(比如书店)的模样?第二,图书馆到底应该是什么模样?

博尔赫斯在小说《巴别图书馆》中描绘了一个图书馆的模样:“图书馆是一个天体,它的正中心是任何六边形,它的圆周是无限的”。对图书馆的这一描绘,是否正是博尔赫斯心目中的“天堂”?谁都没有见过天堂,但有一点是共同的，就是天堂应该是充满阳光、充满活力、充满和谐的，应该是没有阴霾、没有禁锢、没有歧视的。如此说来，图书馆学五定律“书是为了用的，每个读者有其书，每本书有其读者，节省读者的时间，图书馆是一个生长着的有机体”，实际上是把所有馆藏都视作生命体，无不体现了有情有义、有滋有味的人本思想。图书馆就应该是这样的模样：读者可以找到自己需要的知识宝藏，所有馆藏都有阅读使用的价值，一切资源都能方便读者使用，在这里，馆员是平等的，读者是平等的，图书馆无论大小也是平等的，大家在这里阅读、享受、陶醉，使自己的精神世界不断充盈生长，一座图书馆就是一个精神宇宙，生生不息、历久弥新。

无独有偶，全国政协副秘书长、中国民主促进会中央副主席朱永新先生，也把自己心目中的理想图书馆描绘为“文化中心”“精神客厅”“心灵牧场”(《卷首语》)，提出“‘书香校园’是学校图书馆所追求的终极目标”;“一个没有阅读的学校，永远不可能有真正意义上的教育”。

所以，“阅读”才是图书馆的灵魂所在。阅读，使知识得以传承，进而造化人类；使冷冰冰的书籍变得有温度，进而教化心灵。“化”，从其甲骨文的字形来看，左边是一个面向左侧站立的“亻(人)”，右边是一个头朝下脚朝上倒过来的“人”，它是一个会意字，表示“颠倒”，也就是“变化”的意思。《玉篇》里说：“化，易也。”唯有阅读，方可化知识为力量，化混沌为良知。一个有力量、有阳光、有激情、有良知的地方，不正是“天堂”么？

今年的4月23日，适逢“世界读书日”设立20周年。其实，早在1967年，国际儿童读物联盟就把安徒生诞生的日子（4月2日）确定为“国际儿童图书日”；1972年，联合国教科文组织向全世界发出了“走向阅读社会”的号召，要求社会成员人人读书，让阅读成为人们日常生活中不可或缺的部分；2015年1月1日开始实施的《江苏省人大常委会关于促进全民阅读的决定》，也规定每年的4月23日为“江苏全民阅读日”，江苏人有了属于自己的读书节日。

每一个公民，该如何度过这样的节日？2015年3月15日，李克强总理在全国“两会”中外记者会上，说过一番很有“温度”的话，他说，“用闲暇时间来阅读是一种享受，也是拥有财富，将终身受益”，“我希望全民阅读能够形成一种氛围，无处不在”。李总理还首次在《政府工作报告》中提出了全民阅读推广的目标——“建设书香社会”。

也就是说，未来的书香社会，我们每个人不仅要自己读书，还要努力营造阅读的氛围，让阅读成为一种生活方式。阅读是公民的一种权益，阅读推广则是责任和义务。

（写于2015年4月6日，原载于《书林驿》第7期编后语）

生活需要“读书+”

伴随着毕业班同学匆匆的脚步，新一期《书林驿》在毕业季的序幕中编定付印了。我们希望南邮的学子，能带上图书馆编印的本期《书林驿》走上社会，带上读书的情意走进暑期生活。

谢泳先生在《毕业后如何读书》中写道：“大学的好处是素养和经历，功课本身还在其次。养成终身读书的习惯最重要。”在南邮读书的几年，不少同学为校园阅读留下了书香余韵。还记得吗？你们有的参加了“离电脑远一点，找本书看看”话题征文；有的在“随手拍——书香男神/女神”等活动中掀起了一轮轮校园书香热潮；有的甘当书香使者，利用课余时间，在一张张便签上写下读后感言，为学友们推荐了千余种好书，那些写有你们荐语的黄色便签，在校园里流动着、激荡着，传递的不仅仅是一本本好书，更是敬惜字纸、分享阅读的书香精神……

然而，校园生活毕竟是单纯的。那种“人家不必论贫富，惟有读书声最佳”（翁承赞）的文化价值，无论是古代社会，还是现代社会，似乎已渐行渐远。古人讲“学而优则仕”，读书读好了，可以找到好工作，把读书当作敲门砖是难免的。谢泳先生说“学历只是资历，没有这个资历不行”，但他还是鼓励“养成终身读书的习惯”（《毕业后如何读书》）。

所以在本期《书林驿》的“好书漂流舫”栏目，我们推出了《读一本好书告别校园——培养毕业生阅读情意的八本书》《大学缝隙里的七本书》等书单，寄托了编者希冀同学“过客不须频问姓，读书声里是吾家”（翁承赞）的文化情意，以及“读书患不多，思义患不明，患足己不学，既学患不行”（韩愈）的文化忧虑。

我们忧虑的是大家不相信读书是一种生活。在如今移动互联网的时代，万事万物将在指尖流动，早在十几年前，就有人预言书要消亡了，如今又有人预言电脑也将要进博物馆了，若干年后，有钱人的最大愿望是“闭网”，可以“偷得浮生半日闲”。其实，梁启超早就说过，“一个人总要养成读书的趣味。打算做专门学者，固然如此。打算做事业家，也要如此，因为我们在工厂里、在公司里、在议院里……做完一天的工作出来之后，随时立刻可以得着愉快的伴侣，莫过于书籍，莫便于书籍”。

我们忧虑的是大家不相信读书是一种力量。这种力量，不仅是解决工作和生活上出现的各种问题的途径，更是精神的慰藉和心灵的疗愈，所谓“开编喜自得，一读疗沉疴”（王安石）。“年年岁岁笑书奴，生世无端同处女。世上谁人不读书，书奴却以读书死。”（李贽）书奴什么朝代都有，说到底是读书方法的问题。如何让读书变成一种力量？胡适提出了让读书帮助我们“解决困难，应付环境，供给思想材料”的五个步骤：一是要有疑问；二是要把问题弄清，困难弄清；三是通过读书出主意，想到如何解决问题；四是选择一个假定的解决方法；五是试验。（胡适《为什么要读书》）是呵，会读书者，人读书；不会读书者，书读人。读网与读书是一样的道理，死啃书本是“书奴”，沉溺网络何尝不是“网奴”？

我们忧虑是大家不相信读书需要一种氛围。古人讲，“独学而无友，则孤陋而寡闻”。所以，走上社会以后，无论到了哪个城市，要融入当地的书香群落，参加一些读书组织，神交一两位职业书评人，知交三五位读书好友，“奇文共欣赏，疑义相与析”。

今年有一个时髦的词“互联网+”，说的是以互联网技术可以无所不在，可以颠覆所有产业和行业的创新范式，改变我们的生活方式和社会管理模式。套用一下这个时髦的说法，把读书与我们的工作、生活结合起来，是不是可以叫“读书+”？通过读书改善我们的工作和生活，“让阅读无所不在”，也是我们的愿景罢。

（写于2015年6月，原载于《书林驿》第8期编后语）

高校图书馆的书评工作

前几年，北大、清华对200名学生就我国书目书评刊物及书评工作的有关问题进行了问卷调查。数据表明，越来越多的大学生已经开始利用报刊书评及各种书目介绍作为自己选书读书的“向导”，书评成了学生读书生活中十分重要的组成部分。而多数图书馆却忽略了书评的导向作用，忽视了书评工作，读者工作显得呆板落后。因此，各类各级图书馆，特别是高校图书馆，必须大力开展

2014年10月11日在中国图书馆年会（北京）第21分会场作“与时俱进的大学校园阅读推广”主旨报告

书评工作，建立稳定的书评队伍，积极撰写各种形式的书评，以满足当代大学生对书评的强烈需求。

开展书评活动具有重要的现实意义和作用。第一，通过各种形式的书评文章向读者推荐馆藏新书、好书，是图书馆义不容辞的职责。书评文章按其写作目的和功能可分成书业书评和专业书评两类。专业工作者就其关心的学术著作进行评介，以活跃学术气氛，加强学术交流；出版社、书店、图书馆等部门的工作人员为了推荐好书、指导阅读、促进推销，也需撰写书评文章，这就是书业书评。积极撰写高质量的书业书评，引导学生多读书、读好书，繁荣我国书业书评事业，是图书馆工作人员的职责。与出版社、书店等部门的书评相比，图书馆的书评工作更具推荐性、引导性。

第二，图书评论作为一项特殊的社会文化活动，通过指陈图书得失，甄别精华与糟粕，推荐好书，批评坏书，可以提高全民族的科学文化水平，促进社会精神文明的建设。图书馆作为一个知识宝库，具有传播文化知识和对人民群众进行思想政治教育的职能。因此，图书馆充分挖掘馆藏资源，大力开展书评活动，可以维系图书馆与读者的关系，履行其教育职能。

从高校图书馆的主要服务对象——大学生的角度看，他们虽然有较强的求知欲和好奇心，但仍有不少学生的世界观、人生观、价值观不够成熟，看书缺乏正确引导，是乱碰乱翻，随遇而安。特别是近几年来，图书出版出现严重滑坡，一方面是高质量的图书难以问世，一方面是年出书量逐年增加。可谓泥沙俱下、鱼龙混杂。这就更需书评的指导，以配合高校的思想政治工作，发挥图书馆的教育职能。

第三，通过组织读者撰写书评，可以从中了解读者的阅读倾向、阅读兴趣、阅读能力和阅读效果。及时将这些信息反馈给图书馆，可以促进图书馆工作的改革，优化藏书结构，提高服务质量。

第四，书评写作是一项综合性的脑力劳动，它不是对原作的解释和说明，更重要的是一种创造。它比原著具有更高的理论基点和学术基点，需要以更宽广的文化视野，掌握更宏伟的文化参照系统。①高质量的书评要求能挖掘出作品的思想价值、学术价值、时代价值、社会价值，要求书评作者能做到见人之所见，道人之所未能道。因此，积极撰写书评可以提高图书馆工作人员的鉴赏能力、写作能力和创造能力，扩大知识面，从而提高图书馆从业人员的业务能力。

高校图书馆开展书评工作不仅是有益的，也是可行的。首先高校图书馆的服务对象主要是年轻的大学生，他们有较强的思想素质和文化素质，思想活跃，好争论，

---

① 王建辉. 书评散论[M]. 哈尔滨：黑龙江教育出版社，1989：21

表现欲强，因此，图书馆开展形式多样的图书评论工作，组织学生讨论切磋他们所关心的热点问题肯定会受到欢迎；其次，图书馆藏书丰富，有学生需要的各类图书，这为书评工作的开展提供了物质基础。近几年来，我们开展了一些书评活动，举办过几次书评征文，实践证明，同学们是喜欢这种形式的。

综上所述，各类各级图书馆都应重视书评工作，将其纳入正常的工作轨道。图书馆应采取各种措施促进书评工作的开展。有位同志在中国图书评论学会的筹备会上曾用“书评无队伍，文章无章法”这两句话来概括我国的书评现状，这恰好也道出了目前高校图书馆书评工作的状况。其实，目前高校图书馆根本无书评队伍可言，见诸图书馆学刊物的书评文章可谓寥若晨星。因此，建立起一支稳定的书评队伍成了当务之急。

图书馆的书评队伍可分为三个层次。一是馆员层次（普遍意义上的馆员，不是职称），图书馆的工作人员应是书评队伍的主体。二是专家层次，对于本校老师的著述，可请他们谈谈创作体会、创作经验。三是读者层次，读者也是书评队伍不可缺少的组成部分，他们是书的受众，其评论往往多是读后感式的，具体而生动，从中可见他们的思想动态。

图书馆工作人员应在书评队伍的三个层次中起着牵头的作用，及时协调各层次间的关系。因此，图书馆应组织起一批相对稳定的工作人员参加书评队伍。书评队伍的文化素质决定了书评工作的社会效益和社会影响。这里的文化素质包括马列主义修养、专业知识水平、书评理论修养三个方面，三者缺一不可。其中，关于书评的概念范畴和理论范畴是物色书评工作人选后，书评队伍启蒙教育的重点。启蒙教育主要是面对书评队伍的，此外，切勿忘记提高广大读者的书评意识。只有建立一支相对稳定而又具备较高文化素质的书评队伍，才有条件、有可能长期开展一些形式灵活的书评活动，丰富校园文化生活。近来我们利用橱窗开辟的"一句话书评"就深受同学们欢迎。

一支较好的书评队伍应该是稳定性与动态性的统一。既要有相对稳定的书评作者热心开展书评工作，又要不断充实新生力量，他们好比新鲜血液，唯有不断更新，才能使书评队伍永葆青春，活力常驻。

书评作者队伍建设是高校书评活动开展的首要工作，但书评工作却又不仅限于此。如何选择书刊评价，如何及时了解读书倾向、把握读书热点，如何扩大书评发表园地等是高校书评工作值得研究的课题。

书评工作实际上是联系图书馆和读者的桥梁，因而它负担着"双边职能"。一方面，它引导着图书馆应买什么书，如何优化藏书结构，提高服务质量；另一方面，它引导学生多读书、读好书。其中面向读者的职能应是主要的。倡导读书风气，创造读书环境，为社会精神文明建设添砖加瓦应是一切书评工作的归宿。

馆刊与图书馆事业发展

图书馆馆刊的发展史，就是一部图书馆服务与事业发展的历史。图书馆馆刊的诞生和发展，既是时代的产物，与我国图书馆事业在不同时期的时代主题息息相关，也是推动图书馆事业进步和发展的重要力量。

从历史发展看，我国图书馆事业的发展，按照服务模式划分，大致经历了三个历史阶段：第一，从封闭到开放；第二，从对部分人开放到全社会普遍开放；第三，从被动地提供服务到主动地推广服务[①]。在这三个历史阶段，实际上实现了两大服务转型，即前两个历史阶段实现了从封闭式服务到开放式服务的转型，工作重心从“以藏为中心”逐步转向“以用为重心”；眼下正处于方兴未艾的第三个历史阶段，我国图书馆事业进入了主动推动各种服务的历史新时期，其责任和使命，是推进图书馆事业从“被动式服务”到“推广式服

① 吴晞.斯文在兹[M].深圳：海天出版社，2014：118

务”的历史转型。

“从封闭式服务到开放式服务”的第一次历史转型，肇始于我国近代图书馆的诞生和发展。伴随着这一历史进程，诞生了一批馆刊。1915年浙江省立图书馆编辑出版的《浙江公立图书馆年报》，是我国近代以来最早的、公开连续出版的图书馆馆刊，早期的馆刊大多以宣传报道本馆馆务和馆藏信息为重点，内容较为单一。20世纪二三十年代以后，全国各大图书馆纷纷编辑出版自己的馆刊。1928年5月，《国立北平图书馆馆刊》创刊，成为我国图书馆馆刊发展史上的一个转折点，其内容扩展为以研究图书馆学、目录学、文献学，以至于文史学问，研究图书馆工作、图书馆事业为主，使之成了图书馆的专业期刊。1928年开始出版的《国立中山大学图书馆周刊》、1931年出版的《山东省立图书馆季刊》《燕京大学图书馆报》等，都是由当时著名图书馆人和专家学者主办、撰稿的名噪一时的图书馆馆刊[①]，民国时期，我国高校图书馆也创办了许多馆刊（见表1）。编辑印行馆刊，逐步成为我国图书馆事业发展的优良传统[②]。

---

① 李万健.中国近代的图书馆和图书馆刊[J].中国图书馆学报，2004(1)：74~76

② 国家图书馆编.近代著名图书馆馆刊荟萃[M].北京：北京图书馆出版社，2003

表1　近代高校图书馆重要馆刊馆报一览

主　　办	馆　　刊
燕京大学图书馆	燕京大学图书馆报（1931.1—1939.8）
厦门大学图书馆	厦门大学图书馆报（1935.9—1936.5）
（国立）中山大学图书馆	国立中山大学图书馆周刊（1928.3—1929.7）
广州大学图书馆	广州大学图书馆季刊（1933.6—1937.3）
广东国民大学图书馆	广东国民大学图书馆馆刊（1933.5—1934.10）
中央大学图书馆	中央大学国学图书馆年刊（1928.10—1937.10）
中央军校图书馆	中央军校图书馆报（1933.3—1937.7）
北京大学孑民图书室	图书与学习（油印本，1947）
北京大学	北大图书部月刊（1929—1930）
（国立）北平师范学院图书馆	（国立）北平师范学院图书馆馆报（1947）
华中大学图书馆	华中大学图书馆馆刊（1941）
（国立）暨南大学图书馆	（国立）暨南大学图书馆馆报（1937）

经过几十年的建设发展，我国图书馆事业进入21世纪，大体完成了前两个发展阶段的历史转型，图书馆工作在传统文献服务（如流通、阅览等）的基础上，进一步强化了信息服务（如参考咨询、学科服务、查新查引等）的内容。在这一历史转型的过程中，图书馆馆刊、馆报发挥的作用，主要体现在推进图书馆学理论与实践研究，宣传普

及现代图书馆的理念、模式、理论、方法、知识和服务，专业性特色成为其鲜明的时代性特征，从而为图书馆学和图书馆事业在我国的发展，做出了特别的贡献。

当前图书馆深入开展的阅读推广工作，并不是对文献服务和信息服务工作的否定，而是对传统图书馆工作的深化，是“通过多种多样的活动和手段将文献服务和信息服务送到读者身边”。阅读推广活动的出现和普及，是图书馆发展到一定层次、一定水平的产物[①]。伴随着这一历史进程而出现的馆刊，也深深体现了时代的烙印，主要有以下四种类型：

第一种是馆务动态型。主要报道馆务、资源、服务等方面的资讯，多以《读者之友》(南开大学图书馆)、《图书馆信息》(如上海大学图书馆、天津大学图书馆)、《图书馆与读者》(如东北大学图书馆、福州大学图书馆、烟台大学图书馆)、《图书馆馆讯》(如华东师范大学图书馆、中国农业大学图书馆)等命名。

第二种是信息推送型。如上海交通大学图书馆的《学科信息导报》、华中科技大学图书馆的《国际学术动态》等，主要提供题录、文摘等二次文献的服务和报道；再如清华大学图书馆的《图书馆与读者》、复旦大学图书馆的《图书馆通讯》等，主要介绍馆藏资源、服务项目、规

① 吴晞.斯文在兹[M].深圳：海天出版社，2014：118，119

章制度、文检知识等[①]。这些馆刊,都属于“信息推送型”,着力将图书馆的文献服务和信息服务主动推送给读者。

第三种是学术型。如湖南大学图书馆主办的《高校图书馆工作》、江苏大学图书馆主办的《图书情报研究》、上海交通大学图书馆主办的《图情新讯》等,是高校图书馆员及图书情报专业教师、研究生进行理论与实践经验交流,是传播国内外图情信息的园地。

第四种是导读型。随着全民阅读的兴起,许多馆刊还加强了导读的内容和元素。论者对南京邮电大学图书馆近年来收藏的馆刊馆报进行统计,结合网络调研,全国图书馆办有导读性馆刊约两百余种,其中高校图书馆主办的导读性馆刊(含开设有导读性栏目)约二十余种(见表2)。以馆刊为载体加强对大学生读者进行阅读辅导,是全民阅读对高校图书馆事业发展提出的时代要求,也是馆刊馆报在新时期的发展趋势和时代性特征。

近年来,随着全民阅读在我国的兴起,各大图书馆纷纷创办导读性馆刊,或在原有馆刊中增加导读性元素,其中除少量公开出版外,大多为灰色文献,它们在一定的区域范围和读者群中,为服务全民阅读事业、推动阅读工作、营造阅读文化,发挥了特有的作用,成为全民阅读事

① 许勇.大学图书馆馆刊的现况调查[J].上海高校图书情报工作研究,2009(4):14~17

表2　当前我国高校图书馆主要导读性馆刊

主　　办	馆刊馆报
武汉大学图书馆	文华书潮
东南大学图书馆	书乐园
南京邮电大学图书馆	书林驿
电子科技大学图书馆	花辰月汐
北京交通大学图书馆	书香馆刊
中原工学院图书馆	中原书廊
南京艺术学院图书馆	一品阅读
南京工业大学	劝业乐学
无锡科技职业学院吴文化书院	吴风书韵
南京师范大学泰州学院图书馆	伴读
九江学院图书馆	濂溪
长沙理工大学图书馆	云湖导读
浙江师范大学图书馆	图文资讯
连云港师范高等专科学校图书馆	清风
江苏教育学院图书馆	阅读时光
河北联合大学图书馆	阅读疗法工作通讯
健雄职业技术学院图书馆	健雄导读
天津师范大学图书馆	读者益友（网络版）
中国人民大学图书馆	悦读多媒体（网络版）
大连医科大学图书馆	书缘（网络版）

业中的重要力量和阵地。2014年4月，中国图书馆学会评选“2014中国图书馆阅读推广类十佳内刊内报”①，成为新时期我国图书馆馆刊发展史上的一个重要活动，导读性特色已成为当前馆刊发展的标志性特征。

高校图书馆创办导读性馆刊，大力推广阅读、指导阅读、传播书香文化，是高校图书馆积极服务高等教育事业，参与人才培养和校园文化建设的重要途径。

从通识教育（general education）② 在我国高校发展的现状来看，无论是通识教育的理想常经主义学派、进步实用主义学派，或者精粹本质主义，虽然对通识教育的理解有所差异，但其本质都是以培养学生健全的人格为根本价值取向。然而在现实中，不少高校把通识教育等同于开设通识课程，把通识教育异化为以获取通识课程学分

---

① 2014年4月2日上午，“2014年中国图书馆界阅读推广类内刊内报专题座谈会”在苏州图书馆召开，80多位图书馆界专家、学者参加。会上进行了“2014中国图书馆阅读推广类十佳内刊内报”终评。《今日阅读》《水仙阁》《尔雅》《读读书》《阅微》《易读》《文澜》《书乐园》《书林驿》《温州读书报》获得了“2014中国图书馆阅读推广类十佳内刊内报”，《籀园》《喜阅》《读书台》《陕图读览》《读者空间》《阅读疗法工作通讯》《宁阳读书人》《静观》《中原书廊》《诗意灵川》《起明书友》《云湖导读》《悦读时光》获得了“2014中国图书馆阅读推广类内刊内报提名奖”。

② 《哈佛通识教育红皮书》哈佛委员会著，李曼丽译.北京大学出版社，2010，136~139一书认为，通识教育之目的“在于培养‘完整的人’”，此种人应具备四种能力：一是有效思考的能力，二是清晰表达沟通的能力，三是适切明确判断的能力，四是辨识普遍性价值的认知能力。并认为通识课程应包括人文科学、社会科学、自然科学三大领域。

为目的的应试教育。其实，开设通识课程只是实现通识教育目标的途径之一。有学者认为，“阅读与交往是走向通识教育的路径”①。图书馆编印导读性馆刊，鼓励和指导大学生阅读科学经典与人文好书，与通识教育的目标是一致的，是对高校通识课程的有益补充，是有助于通识教育目标实现的。高校人才培养方案强调“知识、素养、能力”，知识的传授主要依靠专业教育，而阅读推广是图书馆在通识教育方面发挥作用，提高学生素养和能力的重要手段，使得图书馆不只是简单的服务教学科研，不只是成为第二课堂，而是更好地发挥隐性课程的育人功能。南京邮电大学图书馆编印的导读性馆刊《书林驿》，通过开设“驿站导读榜”“好书漂流舫”“学海悦读坊”等固定栏目，定期推出倡导人文精神和科学精神的好书，结合校情推出《“回顾成长，心灵共鸣”的十本成长小说》《充满明媚春日气息的散文作品推荐》《“理解时代，感念亲情”的十本好书》等推荐书目，开展了“离电脑远点，找本书看看”话题征文等活动，开展经典导读、指导学生阅读等工作，直接参与到了通识教育的实践中。

同时，编印导读性馆刊，也大大拓展高校图书馆的文化传承功能。2003年，英国文化、媒体和体育部发布报告

---

① 刘铁芳.大学通识教育的意蕴及其可能性[J].高等教育研究，2012(7)：1~5

《未来的框架》[①]，指出"阅读是所有文化和社会活动的首要任务"，并将"阅读推广和促进非正式学习"作为三个新的图书馆现代使命的首要使命。可见，推广和指导阅读是文化建设的重要环节，书香文化建设是校园文化建设的题中应有之意，是图书馆的"现代使命"之一。通过编印导读性馆刊，突出"文化和科学"这一主题，倡导书香人生，营造人文素质教育氛围，使得图书馆不只是对书籍的收藏与传播，而是通过馆刊推进书香校园建设，直接投身到校园文化的建设与实践中，通过在校园营造积极向上的书香文化，从而丰富校园文化的建设内涵，拓展高校图书馆的文化育人功能。

---

① Department for Culture, Media and Sport. Framework for the Future: Libraries, Learning and information in the Next Decade［EB/OL.］.［2015-4-28］. http://webarchive.nationalarchives.gov.uk/+/http:/www.culture.gov.uk/reference_library/publications/4505.aspx.

导读性馆刊的技与艺

马云在谈到其创业的成功经验时多次提到，办网站就好比开茶馆，茶馆是为广大茶客和买卖人之间提供一个喝茶和谈话交流的场所，客户来这里喝茶、谈生意、合法交易，我们提供平台，收取服务费，马云将其成功的经验概括为“茶馆理论”。办导读性馆刊，与办电子商务平台、茶馆，有异曲同工之妙。“茶馆理论”的精要在于，办好茶

2013年中国图书馆年会（上海浦东）之“全民阅读报刊展”

馆有五个必备要素：一要有优越的位置，二要有优质的茶水，三要有优良的服务，四要有独特的文化，五要有旺盛的人气[①]。这五个要素同样也适用于作为书香阵地的高校图书馆导读性馆刊建设。即一是要有明确的阅读推广定位，二是要有好的内容，三是提供优质的阅读服务，四是要营造可识别的校园阅读文化，五是凝聚人气打造书香气场。

1．要有明确的阅读推广定位

办茶馆要选择好的位置，对于一份导读性馆刊，“位置”可以理解为“定位”。编印馆刊的目的，是为了抢占书香阵地、促进校园阅读。不同的学校，应当结合校情实际，明确自己的阅读推广定位，从而使馆刊更好地服务校园阅读推广。

例如，无锡科技职业学院创办的导读性内刊《吴风书韵》，利用无锡在吴文化中的独特地位，把利用吴文化资源促进学生阅读作为自己的特色定位，就非常有创意。南京邮电大学图书馆针对该校学子学科背景以理工科为主的情况，尝试引领读者逐步从参考书、习题集、文艺小说的阅读峡谷中走出来，激发读者由“浅”入“深”的阅读兴趣，培养由“浅”入“深”的阅读习惯，鼓励阅读人文经典和科学经典，较好地契合了理工科高校的学生特点。只有找准了定位，才能让导读性馆刊得到

① 何志毛.企业家的光环与叹息[J].新华日报，2014(23)：38~39

多元化发展，在各自的校园发挥应有的阅读推广作用。

2．要有好的内容

茶是茶馆的内容，导读性馆刊建设更要靠内容、靠好的稿源。如果重形式、轻内容，那么，“皮之不存，毛将焉附”。有了好的定位，关键还要有形式多样、生动活泼的好文章。

在2014年中国图书馆界“阅读推广类内刊内报专题座谈会”上，南京大学信息管理学院徐雁教授对图书馆所编内刊内报进行了点评，他认为此类刊物需具备可爱性、可读性和可推广性。① 诚然，对导读性馆刊而言，好的稿源内容的标准，主要就是这“三性”，为此，刊物编辑人员要多与学生交流沟通，挖掘学生的潜力。以南京邮电大学图书馆《书林驿》为例，读书协会会员与《书林驿》编者时刻保持互动性，在刊物每期策划、组稿中，编辑人员广泛征求学生的意见，有目的性地策划每一期。与读者互动，充分发挥学生读者的兴趣特长，《书林驿》封三的书画欣赏，与书画协会合作，每期刊登两幅本校师生的书画作品，既提高了刊物的品位，也提升了作者的知名度，从而提高了学生参与的兴趣和热情。

3．提供优良的阅读服务

有了明确的定位、好的内容，还要有好的阅读服务。

---

① 中华人民共和国文化部文化资讯．江苏：2014年中国图书馆界“阅读推广类内刊内报专题座谈会”在苏图召开[EB/OL]、[2014-04-03].http://www.mcprc.gov.cn/whzx/qgwhxx1b/jiangsu/201404/t20140403_431989.html.

导读性馆刊的服务，主要有二：一是服务好广大的学生书友，二是服务好阅读推广工作。“汝果欲学诗，功夫在诗外”（陆游《示子遹》），服务学生读者和阅读推广工作的能力和水平，是办好导读性馆刊的“诗外功夫”。

只有服务好爱好读书的学生，才能调动他们参与刊物建设的积极性和创造性，也才能更好地发挥他们在学生中的阅读推广示范效应。例如，南京邮电大学《书林驿》对于积极参与刊物工作的听风文学社、读书协会、学生通讯社等社团，除给予场地支持、活动指导等服务外，还努力把刊物变成社团成员之间交流的平台，刊物从策划、栏目设计、组稿等方面，也得到了社团成员的鼎力支持。

以阅读指导为己任的《书林驿》，还搭建了“一年三季”（校庆季、毕业季、入学季）的阅读推广平台和服务。其中，校庆季的阅读推广活动以“共鸣”为主题，毕业季以“共荐”为亮点，入学季以“共读”为重点，常态化策划或参与了一系列阅读推广活动，如“最值得向读者推荐的一本书”全国馆员书评征文、江苏高校大学生微书评大赛、随手拍书香男神/女神等。由于刊物建设和阅读推广活动之间形成了良好的互动，既有效促进了本校的阅读推广工作，也促进了刊物自身的发展。

4．营造可识别的校园阅读文化

书香文化、阅读文化是一种识别性的文化，也就是说，不同的导读性馆刊，只有营造出不同的阅读文化，才是赢得读者的魅力所在，才能办出自己的特色。营造什么样的阅读文化，是办好导读性馆刊的灵魂所在。因此，要根据本校、本馆、本地域的特点，打造出自己的书香文化品牌。

仍以《书林驿》为例，从其创刊之初，无论在装帧设计还是内容编发上，都一直努力突显“驿”“书”“导”“赏”四大文化特色。“驿”体现的是邮电文化特色，封面配图为一本打开的书，一驾邮递马车徐徐驶出，巧妙地将“书”“林”“驿”三个元素融合其中，封底每期选用一枚与读书有关的邮票，配以精简的赏读性文字；“书”体现的是书卷文化，在栏目设计上，各栏目均围绕图书、阅读、图书馆而展开；“导”强调的是文章的导读性和可推广性，为方便读者获取该刊所推介的图书，编者对每本书都揭示其馆藏地和馆藏号，方便读者到图书馆借阅；“赏”指的是着力提高学生的鉴赏能力，力求让刊物可读可赏。

5．凝聚人气打造书香气场

从经济学的角度，人气指数旺盛不一定带来好的利润，但人气指数低了绝对会影响利润。作为书香阵地的导读性馆刊建设，人气指数是影响阅读推广效果的关键指标。编印导读性馆刊的目的，不是为了图书馆同行或刊物编辑自娱自乐，如果办的刊物很少有人看，阅读推广效果当然就受到影响。

提高导读性馆刊的人气指数，打造书香气场，有很多种方法。比如可以通过新媒体进行推广，《书林驿》除了纸质版外，还有网页版、手机终端版等，形成了馆刊的多种媒体版本。2014年9月，又开通了校园阅读推广微信平台“南邮书林驿”（微信号ny_sly），短短几个月，微信关注量已逾千人；还可以组织刊评和话题讨论。南京邮电大学新浪官方微博曾发起“书林驿”话题，得到了读者的积极响应；还可以通过活动来集聚人气。2012年至今，南京邮电大学师生参与图书馆阅读推广活动的人次逐年增加，据不完全统计，直接参与各项阅读活动的师生人次已接近两万，大大拓展了馆刊的阅读推广覆盖面和影响力。

总之，诚如2012年国际图联的大都市图书馆委员会在调研报告中指出的那样，推广活动已经成为影响图书馆未来发展的新指标①。高等教育具有四大职能，即人才培养、科学研究、服务社会和文化传承创新。通过编印馆刊，推进校园阅读文化建设，将有助于深化高校图书馆在四大职能中的地位和作用，更好地发挥文化育人功能，在校园营造积极向上的书香文化。

① 吴建中.新常态 新指标 新方向——2012中国图书馆年会主指报告[J].图书馆杂志，2012(12): 2~6

下辑 书签在册

聚薪传火的学术名门

——《顾颉刚和他的弟子们》读后

学术史的研究，最近出现了一些新的气象。比如关于“文化名门世家”的讨论，日益受到重视。黄兴涛在为“文化名门世家丛书”（中国人民大学出版社出版）写的《序》中说，如果我们将视线定格在晚清以来的文化界，会发现在一个个熟悉的、响亮的名字背后，往往存在着值得重视的家族文化纽带。“这种背景就像一根根银线，把一个个耀眼的文化明星和学术巨子们贯穿起来。”并认为，“抉取中国历史上的文化学术名门进行专门考察，除了能更好地认识那些成就非凡的文化名人，他们的文化贡献及其所涉及的文化领域之外，还能有助于了解其所处时代的学术风气和文化时尚”。

诚然，“文化世家”是晚清以来中国学术史上的一个独特而重要的现象。可是，由于清末民初以来的学术文化，正经历着从传统的家学渊源、私家授徒到现代学校教育和学术传承的转换。因而我们同样会发现，现代学术史上的一个个学坛明星，往往也是与学术大师的名字联系在一起的。这就是“学术名门”。比如胡适，他用那“大胆地假设，小心地求证”学术思想，将衣钵传给了傅斯年、顾颉刚、吴晗、罗尔纲、唐德刚等现代中国的史学大家；顾颉刚呢，他于1923年提出的“层累地造成的古史观”，浸染了一代学人，罗根泽、刘节、杨宽等学者，甚至老一辈的吕思勉先生都纷纷加入疑古辨伪的行列，这就是蜚声士林的古史辨派。他更善于识拔奖掖青年学子，于是培养出了谭其骧、何定生、童书业、杨向奎、朱士嘉等学者；如今，顾颉刚的弟子们又各自带出了自己的学生，支撑着当今的中国史坛。顾门弟子葛剑雄最近在接受采访，谈到其业师谭其骧时不无自信地说：“谭先生在世时经常对我们说，他希望我们能超过他，……在某些领域，我的工作应该说已超过或者发展了谭先生的工作，我们这些学生现在在整体上应该说已超过了谭先生的学问。”（薛原：《谨记嘱托，聚薪传火——记历史地理学家葛剑雄》，载《书与人》2000年第6期）显然，这样的学术师承圈也应该纳入学术史研究的视野。

梳理学术师承圈对于学术史研究的意义，一方面，有益于彰显学术大师们在学术地图上所占的比例与地位，给他们带来荣耀。1943年，罗尔纲的《师门辱教记》由重庆独立出版社出版，胡适后来在致罗尔纲的信中说，这本小书带给他的荣耀，比他得到35个名誉博士还要光荣。1958年12月，胡适还将该书书名改为《师门五年记》，自费印刷作为自己六十八岁生日对贺寿的人回礼之用，可见该书在胡适心目中的地位。王学典和孙延杰合著的《顾颉刚和他的弟子们》（山东画报出版社，2000年7月版）也以大量的资料佐证"在民国的史学界……长期坐第一把交椅的是顾颉刚"，"疑古学派几乎笼罩了全中国的历史界……当日中国在各大学的势力几乎全为疑古学派所把持"的图景。

可事实上，在不同的学派手里，学术地图的边界毕竟是不确定的。因而，梳理学术师承圈的更重要的意义在于，能启迪后学者，彰显先贤们的治学方法、道德品性和人格精神，展示学术文化是如何在一代代学人手中薪火相传、发扬光大。余英时曾经在《犹记风吹水上鳞——敬悼钱宾四师》一文中，生动地记述了国学大师钱穆回顾民国以来学术师承的情形："钱先生回忆民国以来中国学术界的变迁，对我也极有吸引力。最初，我只是为了好奇心而向他追问各派的人物的性格和治学的长短，及彼此间的关系。但久而久之，使我对民国学术思想史，有了比较亲切的认识。这一部分的知识，更是书本上所找不到的……1971年以后，我每次到台北去看他，只有话题转到这一方面，他总是喜欢回忆这些学坛掌故。"

是的,《师门五年记》《师友杂忆》之类的著作之所以吸引人,是因为它们坦白详细地描写了众多学者名流的治学经验,再现了一幅幅师友切磋乐趣的生动图画。《顾颉刚和他的弟子们》也是这样一部著作。它首先叙顾颉刚的学术成就、影响和品格,次及他的育才之方,然后以何定生、谭其骧、童书业和杨向奎四位弟子为个案,具体再现学术授受的情形及顾氏师友间的一些是非恩怨。于是我们发现,学术的传承,首先靠的是学术大师,他们以传播学术为己任,他们不仅是学问家,更是教育家。当时北平学术界有三大"老板":胡适、傅斯年和顾颉刚。他们不啻有钱和学问,还善于奖拔诱掖青年学人。由是观照今日的教育界,我们会深叹当今中国何等缺乏像顾颉刚这样作为学问家的教育家,何等缺乏像谭其骧、童书业等这样尊师好学的好学生。《顾颉刚和他的弟子们》带给顾颉刚的荣耀,不是他在古史学界、民俗学界、历史地理学界等领域的学术权威形象,而是再现了他在培育学术传人方面"前有章太炎、胡适,后无来者"的学术领袖和精神贵族的地位。

确实,顾颉刚在学问上,是属于开风气一路的人物。他深感自己的学术计划决不是靠自己一人能完成的,如果只是一心埋头学问,或许个人能做出更大的学术贡献,但更多的人才可能会归于澌灭。因而,在顾颉刚的人生道路上,"惜才"是一个重音符。顾颉刚的早年好友傅斯年曾挖苦说："哪一个青年只要同颉刚一接近，就封了'一字平天王'了。"是的，顾颉刚为奖掖青年可谓费尽了良苦用心。他与傅斯年在中山大学的分裂，原因之一就是因为他的惜才。顾颉刚到了中山大学后，创办民俗学会，出版民俗丛书，将民俗学运动推到一个新的高潮。而傅斯年却对拼命出版民俗丛书不以为然，经常批评这本无聊，那本浅薄。而顾颉刚认为傅斯年的观点在治世说是对的，在乱世说是不对的。"我们不出版，一班可以继续我们工作的青年便得不到诱掖引导的力量而要走到别方面去了，他的这一方面的才力便不克发展了。"可见顾颉刚对青年学子的一片呵护之心。

通过出书、办杂志来"逼"人成才，是顾颉刚的一个育才秘方。虽然梁启超早就倡导过"学术乃天下之公器"，但民国学术史上。一个刊物聚起一个学派，或掀起一场运动的情况并不鲜见。比如《学衡》与"学衡派"，《禹贡》与"禹贡派"，《新青年》与新文化运动等。而顾颉刚创办的历史地理学杂志《禹贡》半月刊和禹贡学会，其成功之处在于，它不是靠名人来支撑，却造就了历史地理学界的一大批名人。它"以三校同学的课艺作基础"，顾颉刚在第一期"编后"中也强调："现在我们所祈望于社会的，是多给我们培植和保护，我们现在是一群小孩，小孩时能受好教育，长成了才可任大事业啊！"谭其骧、侯仁之、史念海、杨向奎等历史地理学界的大家名家都无一例外的出自禹贡学会。他们的成功，也是顾颉刚办刊旨趣的成功。以此而论，《禹贡》“可以说是中国现代学术史上办得最成功的杂志之一。”

当然，学术的传承也不仅仅是学术大师们的事情。顾颉刚和他的弟子们在连一张书桌都放不下的战乱年代，因为共同的学术追求而走到了一起，建立了可歌可泣的师生感情。然而，顾颉刚与何定生、谭其骧、杨向奎、童书业等弟子的感情分裂，更多的还是因为学术以外的事，真是让人低徊叹惜。据蒋天枢回忆，史学大师陈寅恪在“文革”时曾要助手为他作学传，助手迫于形势，只能违心地说“都已忘了”，陈听后说，“忘了好，免得中毒。”确实，“20世纪的中国学人面临的生存压力，远远超出了他们的脆弱人格所能承受的限度。”相比之下，顾颉刚和他的弟子们是幸运的。王学典在《顾颉刚和他的弟子们》的“后记”中说:“深入浅出、轻松散淡、雅俗共赏，是本书追求的风格。与这一点相关，本书不是着眼于学术问题的探讨本身，而是致力于学术背后师生关系的挖掘。”诚然，本书实为一本学术史的优秀普及读物，读来十分亲切。该书每章前有“要点提示”，后有“本章引用及参考数据”。五六十帧珍贵的历史黑白图片，再现了一代大师的昔日风采，使其图文并茂、形神俱佳。

西谛的童趣与书趣

——《石榴又红了》读后

《石榴又红了》，郑尔康著，中国人民大学出版社，1998年版

名人传记由不同的人来写，就会有不同的趣味。学者来写，也许会有更多理性的成分，他们可能会考证出一些连传主的遗属也不知道的东西。比如，关于郑振铎（笔名西谛）的家世，及其祖父和父亲的名字与生年，最早就是由学者陈福康在《一代才华——郑振铎传》（上海人民出版社，1996年11月初版）中披露的，这是“文学史上第一次介绍郑先生先人的名字”（陈福康《后记》）。而此前不仅连其遗属茫然不知，甚至在中央档案馆调阅了郑先生的人事档案也无法解决；名人传记如果由传主的亲属来写，则又是另一种

情趣了。手头这本《石榴又红了——回忆我的父亲郑振铎》，是郑尔康先生于1998年12月传主诞辰100周年时，由中国人民大学出版社推向市场的。其中就大量披露了作为作家、学者、藏书家和社会活动家的郑振铎先生，其生活中鲜为人知的充满童趣的一面。该书的材料来源，有的“是根据老祖母和母亲跟我讲的；有的是我自己耳闻目睹的；也有不少是前些年，走访父亲生前挚友，如茅盾、叶圣陶、谢冰心、胡愈之等长辈时，记下来的……”（《引子·附记》），于是，作者就“可以说点关起门来的私房话，最大限度地还原‘名人’作为‘人’的那一面”（《写在前面》）。

本书名为“石榴又红了”，其背后就有一个有趣的“家庭节日”的故事：

> 在众多的花木中，父亲似乎尤其偏爱那两株盆栽的石榴树。每当果实尚无长大红透时，他便挑选一些较大的，在上面用小刀逐个刻上自家的、亲友的、邻居的，几乎所有熟识的孩子们的名字。而当这些石榴长得像一个个小红灯笼时，上面刻的名字也嵌得深深的，像是天然生就似的。每当这时，大约总是挑个星期天吧，父亲便把所有的孩子都叫来，园子里的小桌上摆满了各色糖果和一个个咧嘴在笑的红石榴。接着，他便和孩子们一起唱啊，跳啊，做各种

好玩的游戏，或是大家围坐在他四周，听他讲迷人的童话，最后他把糖果和石榴按照上面所刻的名字分发给大家。我们都异常地喜爱这一时刻，后来便把这一天称做“石榴节”。每当石榴花开，大家就盼望着，等待着父亲在一颗颗石榴果上刻上自己的名字，然后又眼巴巴地盼着“石榴节”的到来。

（《引子——石榴又红了》）

可见，郑振铎在孩子们的心目中一定是位“现代父亲”。他童心未泯，充满情趣。难怪朋友们给他送了个“大孩子”的雅号。这种品性，犹如他早年对绣像小说中的绣像添色一般，后来也为他的事业甚至家庭氛围，抹上了五彩缤纷的色彩，当然，其中也有“灰色”的。

郑振铎先生毕生以藏书家、作家、学者的身份知名于世，所以，他的童趣后来在“书趣”中发挥得淋漓尽致。他到商务印书馆后，首先就创办了我国第一个儿童文艺刊物《儿童世界》，可能就是因为他喜欢孩子的缘故。他在事业上表现出性情中人所具有的“傻劲”（周予同语），也是一个证明。众所周知，郑振铎先生的著作，以“插图”而著名。他从小就是插图的受益者，他早年就是从“绣像”中了解了有关的历史知识和历史人物：

他对绣像小说中的绣像也很喜欢，但可惜都是些黑白的线条，于是，他找来了颜色和笔，帮这些绣像人物打扮起来：关羽总是浓浓得涂上红栟，而曹操便用白粉填在脸上，金兀术的脸是五颜六色的，牛皋、张飞、李逵的黑脸最不好办，往往是弄得一塌糊涂……

（《瓯江的儿子·"鼻涕佛"的故事》）

喜欢图画，也许是孩子们的天性，这也正好说明了"绣像""插图"之类的有趣。事实上，后来成为大藏书家的郑振铎，当我们分析其收藏癖形成的原因时，我们不能否认他由于喜好图画，孩童时开始收藏烟花而起的积极作用："他最爱收藏的，还是大人们抽烟后丢弃的烟纸画片。他收集了不少，什么《岳传》《封神榜》《三国》……丰富多彩。"烟纸片是零散的，有时为了配齐一套，他便盼望着过年，等拿到压岁钱，"一溜烟就跑到小摊上去买回他久已渴望的那几张烟纸画片，有时一次就花掉他全部压岁钱的一半，他也在所不惜。慢慢地，他的画片都配成了套。他细细地把玩着，比一个暴发户对着一堆堆的钞票还要高兴千倍！"（《瓯江的儿子·"鼻涕佛"的故事》）书中没有交代郑氏对烟纸片的收藏兴趣保持了多久，但是，他终身保持了对图画的偏爱，确是事实。

举例来说，早在20世纪二三十年代，其《俄国文学史略》《泰戈尔传》《文学大纲》《近百年古城古墓发掘史》《中国文学史（中世卷第三篇上）》，以及译述的《恋爱的故事》《希腊神话》等，就是配有插图的；后来的《插图本中国文学史》、《中国历史参考图谱》，更是径以大量的图片而嘉惠士林。在他看来，插图之于书籍，不仅有趣，而且有用。正如他在《插图之话》一文中所揭示的，插图有“补充别的媒介物（如文字）的不足”，“表现出文字的内部的情绪之精神”的作用。然而，这种趋于功利的解释，难免湮没了他偏爱图画的兴趣基础。他后来将生命毫无顾惜地耗费在“版画”“笺谱”等的收集与出版上；1925年，他首次使用了“漫画”一词，并以《文学周报》社的名义，主持出版了第一部《子恺漫画集》。这些，都是以他的兴趣为基础的。而在许多人看来，却“都是近于‘前不见古人，后不见来者’的傻工作”，可是，“这社会，这民族，这国家，只会使有傻想头和傻劲的人这样地做”。所以，这些工作的背后就“似乎藏着‘怆然而涕下’的感伤”（周予同语，转引自陈福康《一代才华——郑振铎传》）。

郑振铎的童趣与书趣对于家庭的影响，同样是饱蘸“感伤”的。20世纪三四十年代，在上海文化界流传着“未吃过‘郑家菜’等于白来一趟上海滩”的说法。这“郑家菜”当然是出自其老母亲之手的“福州菜”。其实，郑振铎也能做得一手好菜，并给孩子和朋友们带来了无穷的乐趣。这是因为，“对他的‘食文化’，每一道菜都能说出一位古人、古方，或是一个有趣的掌故，客人们边吃边听，其乐陶陶，兴味无穷。”（《今日易牙》）原来，上海沦陷后，他一人过着“蛰居”的生活，也许是为了排遣孤独寂寞的日子，他开始研究起了古人的菜谱，并试着做起来。于是，烹饪成了他“蛰居”时期的一种乐趣。他的“拿手绝活”，有曾经是“宫廷菜”的干贝（或鱼翅）炒鸡蛋、扬州狮子头、坛子鸡等。有一次，一位朋友吃了一块经他改制的“东坡肉”，即席赞道：“此品只应天上有，不知何时降人间。”他则兴致勃勃地说：“这才是东坡居士煮肉要‘慢着火、少着水、火候足时它自美’的要诀呢！”而最让孩子们难忘的，还是他根据藏书中的一个古老配方，让老母亲制作的“槐花饼”：

> 这时我们在一旁早已等得不耐烦，未等老祖母将饼放入瓷盘，便迫不及待地各抢一张，也顾不得烫手烫嘴，边哈着气，一边大嚼起来。咬一口，松软甜美无比，一股异香直从口中窜入脑顶。就这样，你争我夺，个个吃得小肚儿溜圆。老祖母两眼眯成一条线，嗔怪地说：别着急，没人跟你们抢。而父亲则一边也凑热闹地跟大家“抢”着吃——其实他至多也不过吃了两三张——一边随手拿几张放在一边小盘里，留给祖母和母亲。
>
> （《老槐树下》）

郑振铎的藏书量在十万册左右，1958年他不幸去世后，全部献给了北京图书馆（现国家图书馆）。它虽然曾经给这个家庭带来了幸福与快乐，可是，郑振铎经常在经济拮据和欠债的情况下仍大量购买图书的癖好，还是给他的妻子高君箴增添了不少的烦恼。他于1926年发表的短篇小说《书之幸运》，描写的是主人公仲清常常欠债来买回他喜欢的古书，而遭到妻子的不满，于是引起一场又一场围绕着“书”的风波。虽然郑尔康先生一再表白，他们的“家毕竟是十分温馨的”，“《书之幸运》写的并非是我们的家”，但他还是承认，“从中却也能看到一些我家的侧影”（《家·父亲和他笔下的人物》）。他还在《郑振铎读本》（中国人事出版社，1999年1月版）中为《书之幸运》写的“说明”中写道：“这正和后来成为大藏书家的作者本身的生活是十分吻合的，作者一生爱书成‘癖’，常常倾其囊中所有或是欠债来购买他所喜爱的古书，常因妻子的不理解而夫妻失和，作者也为此而深感苦恼，于是写了此篇，可能是对自己心灵的一种寄托吧。”

正因为如此，对郑家的另一个家庭节日——“螃蟹节”，我们不妨可理解为郑振铎先生对夫妻感情的一种补偿了。高君箴“嗜蟹如命”，于是每年一度的螃蟹季节，郑家便如逢盛典，持续半月左右，大家戏称之为“螃蟹节”。可郑振铎自己却“从不食蟹”，为了妻子食蟹方便，他专门从福州老家定制了好几套铜制的小锤、小叉及小钳等吃螃蟹的工具。他“总是处处无微不至，照拂呵护着他的'娇妻'"(《又是"菊黄蟹肥"时》),是否带着感情补偿的阴影呢?为了让妻子能吃到每只半斤左右的正宗阳澄湖大闸蟹,他偶尔也会带妻子去四马路(今福州路)上的一家酒楼。每当此时,他往往把妻子安排好后,便一人去附近一带的旧书店去闲逛,真的是不失藏书家的本色呵!

可是,高君箴是否能理解藏书家的心事呢?高君箴系"商务"元老高梦旦的幼女,可谓出身书香之家,她与郑振铎新婚之初,伉俪还合作出版了翻译的童话集《天鹅》。可后来她沉溺于麻将,家庭常因双方的"书癖"与"牌癖"而时起风波。这在郑振铎以此为素材创作的短篇小说《风波》中有所反映。看来,做一个藏书家真的不容易,而郑振铎童心未泯的品格,及其给家庭带来的快乐,成了他始终伴随着"风波"的藏书生涯的精神补偿了。

大俗大雅的家庭教育观

——《林家次女》读后

“中学毕业以后，我不平凡的父亲竟然不要我上大学，他要我踏入社会做事，念‘文学所取材的人生’。天下事无奇不有，我在十八岁时，竟然去耶鲁大学教中文。”（《林家次女·序》）

什么是成功的教育？著名学者型作家，“两脚踏东西文化，一心评宇宙文章”的林语堂的二女儿林太乙经常这样想：“假使我有一张大学文凭，我的一生经历会有什么不同？”没有大学文凭却能走上著名大学的讲台，是社会人才环境的宽松，还是对大学教育的嘲讽？

林语堂的老友徐讦说过：“林语堂在中国文学史上有一定的地位，但他在文学史上也许是最不容易写的一章。”其实，林语堂在家庭教育方面也有着自己独到的见解。《林家次女》一书，与其说是林太乙的传记，不如说是林语堂家庭教育观的生动再现。该书由台湾九歌出版社1996年初版以后，反响甚好，曾获中山文艺创作奖。随后，北京西苑出版社于1997年11月出版大陆版，开印数只有10 000册，比起《哈佛女孩刘亦婷》《耶鲁男孩》《北大女孩谢舒敏》《清华男孩章启轩》等近些来轰动市场的"制造天才"的书来，《林家次女》受到冷遇，是不应该的。2001年5月，学林出版社又再版此书。

作者林太乙"在这本书里描述我充满快乐，又好玩又好笑的童年和成长的过程，以及父亲给我的不平凡的教育。"林太乙是幸运的，也是幸福的，她有一个倜傥不群、懂教育的父亲。无论是家庭教育、社会教育或学校教育，林太乙的生活世界、知识世界和心灵世界都处处映射了父亲林语堂的教育影响。有句俗话叫"名人后代早成名"，林太乙走上耶鲁大学的讲台，固然是"搭了老子的车"，但并没有"丢老子的脸"。而这一点，林语堂也是很自信的。

林语堂的教育观可概括为观念的雅和方法的俗。

"教育和文化的目的不外是在发展知识上的鉴赏力和行为上的良好表现。有教养的人或受过理想教育的人，不一定是个博学的人，而是个知道何所爱何所恶的人。"(《人生的盛宴·文化的享受》)这大概就是如今所说的素质教育吧？眼下流行于教育界的一句关于素质教育的名言，最早也是由林语堂办的《宇宙风》杂志于1936年12月16日译介过来的："教育者，学校所习尽数送还先生以后之余剩也"（Education is that which remains after one has forgotten everything he learned in school.）在《课儿小记》一文中，他又极力宣扬这种观点。可是从市场上畅销的

“哈佛女孩”“耶鲁男孩”等来看，素质教育即使在现代人眼里似乎并没能跳出应试教育的樊篱，似乎就是考上名牌大学。因而，林语堂明确提出的“我们必须放弃‘知识可以衡量’的观念”，仍然具有振聋发聩的警示意义。

林语堂的主张是在还原教育的本义。这实际上是对学校教育的制度性障碍的反叛。他指出“现代教育和现代学校制度大抵是鼓励学生求学问，而忽略鉴别力”的缘由：

> 我们之所以有这个制度，就是因为我们是在教育大批的人，像工厂里大量生产一样，而工厂里的一切必须依一种死板的、机械的制度而运行。学校为保护其名誉，使其出品标准化起见，必须以文凭为证明……这造成了一种完全合理的前因后果，无法可以避免。可是学校有了机械化的大考和小考，其后果是比我们所想象的更有害的。因为这么一来，学校所注重的是事实的记忆，而不是鉴赏力或判断力的发展了。
>
> （林语堂文集《人生不过如此》）

于是，素质教育与现代学校体制似乎是先天性融血，走不到一起的了。应世有用的各种知识与艺能，大抵可交由学校去完成，而培养“调和的人格”，就不得不依赖于其他了。林语堂鼓励二女儿太乙高中毕业后放弃上大学，并不是对学校教育的完全否定，更多的是一份自信，自信通过自己传授的方法，可让女儿掌握一定的笔墨技能。三女儿相如“毕业中学之后即入一流的巴那德女子大学，后来在哈佛大学攻读生物化学，得博士学位，她因为念理科，所以爸爸没有坚持她不念大学。”但这并不妨碍林语堂提倡“发展知识上的鉴赏力和行为上的良好表现”的教育观。

林语堂的家庭教育就是在践行这一理念，他一方面极力主张艺术的读书观，认为“读书的主旨在于排脱俗气”，“兴味到时，拿起书本来就读，这才叫真正的读书”。而“苦学二字是骗人的话”，“学者每为‘苦学’或‘困学’二字所误”。体现在阅读的方法论上，林语堂认为“以修养个人外表的优雅和谈吐的风味为目的的读书，才是唯一值得嘉许的读书法”。“风味和嗜好是阅读一切书籍的关键。”“一个人发现他最爱好的作家，乃是他知识发展上最重要的事情。”

另一方面，他又极力践行社会教育。学哲学的林语堂，平素似乎对周遭的形形色色都有着自己的独到色解，比如西装啦，烟斗啦，林语堂说起来都是头头是道。可是林语堂关于社会教育的论述却很少。他在《课儿小记》一文中说：“宇宙就是一本大书，让她们去念”，但“幽默大师”林语堂对此再没有更多更深的阐述。我们可以从太乙对“充满快乐，好玩又好笑的童年”的叙述中，约略窥见他对于社会教育的理念。《家里的事不要让别人知道》一节中记述了这样一件事：

爸爸认为我们除了学校之外，什么都应该见识见识，因为整个社会就是大学堂。他什么地方都带我们去。有时我们和他的朋友去吃馆子，他们会在馆子里叫局。那种馆子楼上辟有雅座，桌子上有一叠粉红色的纸条，上面印着一些女人的芳名。那些女人就坐在窗子对面。爸爸解释说，你勾出什么人的名字，他就会过来陪客人喝酒唱歌。于是我也提笔乱勾。那些女人来了，哪里知道是我请来的！她们总是两个一起来，一个拉胡琴，一个唱歌，脸上抹浓厚的脂粉，头发烫得卷曲不自然，身穿花花绿绿的旗袍。我们吃完饭就走，爸爸的朋友大概也松了口气。“语堂到什么地方都带他小孩子一起去！”如果他们心里没有这么想才怪呢。走到街上，我们有时会看见那些女人双双坐在黄包车上招生意，车上挂着红色或绿色的灯笼。妈妈就说，“他们是坏女人，是过皮肉生涯的，随便让男人碰她们的身体”。“我们长大之后绝对不要像她们！”她又添了一句。爸爸则说：“那些女人是因为穷，所以不得已要过这种生活，我们不要看不起她们。”

林语堂就是与众不同，大胆的让孩童去见识所谓的

"阴暗面"，恐怕不是"幽默"吧！如今的学校里，老师们虽然也讲"社会学习""社会实践"，但对于"叫条子"这样的事情，恐怕还是无法接受的！太乙有一次在作文里写"星期六爸爸带我们去灌音"，居然"先生不明白那是什么意思，叫我过去问。在众目睽睽之下，我低头不语，羞得不得了"。难怪太乙感慨地说："现在想起来，我如果在作文里说，'星期六爸爸带我们去馆子叫条子'，不知道老师会怎么说！"

那么，社会教育的本意又是什么？林语堂说，这是"念文学所取材的人生"，我们不妨说得雅俗共赏一点，即"求真"。看看书中林语堂对"教小儿写作文"的一段感悟，我们就不难得出这样的结论。

> 作文题目没有救国论，"资本制裁"（此语曾见于商务所编小学公民读本），"自强不息"（上海某小学作文题目）。她们只写日记，一日一篇，范围绝对自由——叙事，游记，议论，私见，回忆，抒情，描写会话，刻绘人物，都可包入，都无限制。奇怪！成绩比学校所教的好。何以故？"真字而已"。今日小学作文写出来何以都是假小儿语？"然而天天玩耍，不顾学业，那么空费光阴，岂不可惜么？"这种千篇一律的陈腐假小儿语由何而来？由教科书来。教科书是大人写假小儿语来给真小孩读的，所以真小孩只

好学大人的假小儿语，整个抄入文章中去。……

（《林语堂自传》）

如果说倡导“艺术的读书”是雅，主张“求真”也是雅，而作为“求真”途径的“念文学所取材的人生”的方法则是俗，是大俗。你看，在上海他们下馆子叫条子；在美国他们饱受文化震撼，闹出许多笑话；在欧洲他们探火山口，看脱衣舞；到瑞士滑雪……是何等的天真浪漫！美国小说家沃尔夫说，“故乡是不能再回去的”，意思是说，如果回去，会发现人事、景物全非了，童年是再也找不到的。其实，中国之大，又有几人拥有过这样快乐的童年呢？太乙毕竟拥有过。

我们再来看看林语堂是如何教小孩“艺术的读书”的。他说：“看电影上各地风景就是念地理”；“在我看来，宁可少读韩文，不可少读现代通行文章。教小儿读书，不应离其思想见解知识太远。读通行杂志文进步易，读古书进步难。临名帖得益迟，临朋友来往书札得益速。……凡物取其近则易明易晓。此理常人少知之者，而教育之失败常在此。”可见，还是俗的路数。“凡物取其近则易明易晓”，真是言近旨远，一语中的，教育者应将之视为座右铭。而太乙却说，“自修”是“我受教育的座右铭”。因为在林语堂看来，只要养成爱读书的习惯，一部字典在手，凭自修，什么学问都能学到。其实，虽然太乙从父亲那儿得来了读书的兴趣和自修的意识，乃至使其终身受益，但事实上，林语堂还是一直在给女儿传授笔墨技能、舌耕艺文知识的。“放学之后以及周末，他都在教姐姐和我读书”。只是自述“我不曾离婚，而取得学界领袖资格”的林语堂，更有可能，也更善于寓教于乐，而不挫伤小儿的阅读兴趣罢了。书中披露的刘半农作歌词、赵元任作曲的《教我如何不想她》，以及赵元任创作的最难的中文拗口令“施氏食狮史”，如今读来仍有益有趣，大概是训练小孩乐感和语言的很好的材料吧。

观念的雅和方法的俗，这就是林语堂所营造的家庭教育的文化氛围。其实，他对于读书的态度也是如此。我们从他关于大俗大雅的读书态度的自我剖析中，大抵也可分析其家庭教育观形成的思想基础。

> 我不喜欢第二流的作家，我所要的是表示人生的文学界中最高尚的和最下流的。在最高尚的一级可是说是人类思想之源头，如孔子、老子、庄子、柏拉图，等等是也。我所爱之最下流的作品，有如Baroness Crczsy、Edgar Wallace和一般价极低廉的小书，而尤好民间歌谣和苏州船户的歌曲。大多数的著书都是由最下流的或最高尚的剽窃抄袭而来，可是他们剽窃抄袭永不能完全成功。如此表示的人生中失了生活力，词句间失了生气和强力，而思想上

也因经过剽窃抄袭的程序而失却真实性，因此，欲求直接的灵感，便不能不向思想和生命之渊源处去追寻了。因此特别的宗旨，老子的《道德经》和苏州船户的歌曲，对我均为同等。

（《林语堂自传》）

在林语堂看来，大俗才能大雅。俗得雅，雅得俗，这就是林语堂。

林语堂无子嗣，只有三女。长女如斯，曾供职台北“故宫博物院”，著有《唐诗选译》《故宫选介》等，1976年辞世；二女太乙，在香港任《读者文摘》中文版编辑；三女相如，曾在香港大学执教生物化学，现任美国得州贝勒大学副教授，与其母廖翠凤合著有《中国食谱》《中国烹饪的秘密》。

二女太乙受林语堂的教育影响很深。后来，她长期从事文学创作。其创作的《林语堂传》《明月几时有》及编撰的《语堂文选》《语堂幽默文选》等在海外很有影响。“本书则是一部难能可贵的传记，它会令读者惊奇、失笑，感悟人性天真无邪的绚丽。”而我则把它当作了破译林语堂家庭教育的鲜活文本，算是“歪读”罢。

（写于2002年1月13日）

呼唤出版理念

——《书局旧踪》读后

《书局旧踪》，郭汾阳、丁东著，江西教育出版社，1999年1月版

阅罢郭汾阳、丁东合著的《书局旧踪》(江西教育出版社，1999年1月版)一书，产生了这样一个抹不去的印象：20世纪上半叶，中国是一个诞生现代出版大家的时代。其表征之一，便是“中国现代的出版家，往往与作家、学者、教授一身数任。一个人，可以在创作、研究、教学和编辑出版经营领域全面出击，纵横驰骋，……当你回首那一代大家的时候，有时竟会惊讶，他们的生命哪来那么大的能量?”(《前言》)作者认为，“人是有那么大能量的，知识分子是能起那么多作用的，关键是要有一个让人尽其才、大家辈出的环境”。

作者这番蕴含了良苦用心的解释，我们是能心领神会的。确实，在那个不平静的年代，知识分子不必隶属于一个具体的工作单位，职业的选择空间要大得多。就拿大学教授来说，不必看校长的脸色行事，可以抱着合则留，不合则去的平和心态从事教育。因为此处不留人，自有留人处。不过，倘论出版的外部环境，倒也未必尽如人意。比如，国民党政府为了钳制口舌，专门设立了书刊审查机构，查禁进步书刊。1930年还公布了《出版法》，在此前后还有许多"条例""办法"等。出版工作者遭恐吓、逮捕、暗杀的也不在少数。1933年11月，国民党上海文化特务头子潘公展限令"良友"老板伍联德解雇出版部主任赵家璧和《良友画报》总编马国亮（《不倒的"良友"》）；1935年5月，《新生》周刊因刊登了艾寒松的《闲话皇帝》一文而招致日本政府的不满，主编杜重远因此被判刑（《〈新生〉事件》）；再如，《申报》主编史量才遭暗杀等。然而，这些独裁统治下的低劣手法并没有奏效。当初杜重远创办《新生》周刊，就是在《生活》周刊被查禁、邹韬奋被迫流亡之后。"这好像我手上撑着的火炬，被迫放下，同时即有一位好友不畏环境的艰苦而抢前一步，重新把这火炬撑着，继续在黑暗中燃着向前迈进"（邹韬奋：《患难余生记》）。

于是，我们不禁要问：在这样恶劣的出版环境下，他们为什么敢于提着脑袋从事出版？他们凭什么能够挺直腰杆做人？为什么那个时代能产生那么多的出版大家？这实际上是作者在《前言》中提出的另一个问题，即知识分子“如何在发挥自己的知识优势的同时，坚守社会良知”？环境的问题，不仅是少数肉食者的事，更是大多数出版工作者的事。我们无法去改变“少数人”的想法，而众人的努力才是实在的、有益的。

翻开《书局旧踪》一书，我们发现，中国20世纪前半叶整个出版业的繁荣与辉煌，其支撑点是无数有良知的知识分子用自己的生命去践行的出版理念。也就是说，出版工作者“坚守社会良知”的前提，是要有明确的出版理念。出版家不同于出版学家，也不同于一般的商人，他们从事出版活动，是为了印证、发展和完善自己的出版理念。

还是让我们来检视一下那个时代出版家们的理念吧。被称为“新出版和新出版业第一人”的王韬，1874年在香港创办《循环日报》，首创每日报首刊登“论说”，揭开了新闻史“政论时代”的序幕，他是“为政治而立言”，是为了“取西制之合于我者，讽清廷以改革”(《第一人王韬》)；胡适和张元济都认为，“中国的昌明，激进的政治运动不如缓慢的文化改革”，这就是兴办学校，办报办刊，开办书局，广印书籍以开民智，主张兼容并包，开明进步(《胡适与“商务”》)；张申府先生早年曾参与创办《每周评论》，任《新青年》编委，1928年，他与高长虹合办《世界》杂志，介绍西方思潮，后来又为《大公报》主编“世界思潮”副刊，因为在他看来，“切实地向普泛群众宣传比之跑到政府请愿难，我就愿意人切实地向普泛群众宣传”（《张申府与章乃器》），于是，我们就能理解他缘何如此甘于寂寞了；被称为“海上三文妖”之一的张竞生，是中国性教育的先驱，计划生育的早期倡导者，他在上海滩开设了一家美的书店，推销他新潮的性学性艺等，惹来不少的非议，实际上是为了宣传他的“美的人生观”“美的社会组织法”，所以，我们得承认“他的态度是诚实的”（《美的书店》）；邹韬奋常常以“人民的喉舌”自勉，所以只有他才能说出“我深信没有气骨的人不配主持有价值的刊物”这样有气骨的话，他还说：“我的态度是头可杀，而我的良心主张，我的言论自由，我的编辑主权，是断然不受任何方面任何个人所屈服的。”（《两篇檄文遗精神》）巴金干了二十多年的出版，创办过文化生活出版社和平明出版社，“只是为了替我们国家、我们民族作一点积累的事情”（《巴金的老书局》）。

以上种种的理念，显然囊括不了全部，但我们已经可以看出，对于从事出版的文化人来说，从事出版活动只是他们实现自己理念的一种手段而已。而且揭橥了他们之所以选择从事出版的缘由，是怀着希冀“出版救国”的事业主旨。比如梁启超认为“国家欲自强，以多译西书为本”；张元济认为“出版之事可以提携多数国民，似比教育少数英才尤为重要”等。

“出版理念”和“文化人”之间的关系，实际上是一个事物的两个方面。一方面，文化人通过出版以图实现其理念；另一方面，出版理念的形成，也有赖于文化人搞出版。张静庐曾经阐述过出版商人与一般商人的不同，他说：“‘钱’是一切商业行为的总目标”，“然而出版商人似乎还有比较更重要的意义在上面。以出版为手段而达到赚钱的目的，和以出版为手段而图实现其理念与目标而获得相当报酬者，其演出的方式相同，而其出发的动机完全两样。”（《在出版界二十年》）实际上，文化人也是会算经济账的。1919年1月，北大傅斯年、顾颉刚、徐彦之、罗家伦等发起成立的学生团体“新潮社”，实际上是一个现代出版机构，他们的做法是“一切都自己来，自己著译，自己设计，自己定价，自己发行，不受书商的掣肘，完全自主，就有条件来掀起一次出版界的大革新，印出一批兼顾内容和形式的好书”。结果呢，纸墨精良、版式疏朗秀美，这自然不在话下，我们还是来看看书价和稿酬吧：

> 当时一般书籍的成本，包括印刷及稿酬在四成左右，加上批发折扣及开支占三成，利润可达三成，“我们降低书价，把印刷和稿酬的成本提高到七成，而从批发开支的三成中竭力设法节约出来，作为再生产的资金”，结果便是“书店用报纸印的定价五角的书，我们用道林纸精印，定价不会超过三角半”。

至于稿酬，“我们规定的版税率从当时一般书店最高的标准：按定价百分之十二提高到百分之二十至二十五，赠书从五本提高到二十本”。（《新潮社的辉煌》）

我们发现，文化人不是不会算经济账，他们算得更多的是文化账。因为抱定了“出版救国”的事业主旨，所以，很多老书局都以“用人惟才”为原则取精用宏，办事也更注重效率。当时鼎立天下的“商务”“中华”和“世界”三大书局，“‘商务’的口号是‘每日一书’（现在它的广告虽说也是如此，毕竟是重印居多了），‘中华’是‘三日一书’，‘世界’是‘每周一书’”（《两大书局的竞争》）。

当然，作为一名具体的出版家，其一以贯之的出版理念一旦形成，就不可避免地对他的人生道路和学术道路发生影响，而这种影响有时却是很沉重的。音乐家施光南的父亲施存统，认为自己的性格和能力不够做一个革命的政治家，于是希望从学术上贡献于社会。我们来看看他出版的书——《中国革命的理论问题》《目前中国革命问题》《日本无产政党研究》等。显然，他已经把文化背景下的出版理念与政治嫁接了，而且嫁接得那么实在。虽然他声称采取“不左袒，不右倾”的中间立场，并且宣告：“我将永远采取这样的立场和态度。”然而，通过出版行为来参与政治的想法，使他终究身陷“怪圈”而不能自拔：

“中间路线”的存在只是昙花一现。1948年5月，施存统响应中央号召，离沪赴港转往东北、北平，参加新政协的筹备。施存统建国后再没有参与出版工作，而是担任了劳动部第一副部长。不久，1952年“三反”，劳动部、“民建”中央批判其“中间路线”、“大资产组织路线”，他渐渐隐退。1970年，施存统72岁离世，他大概万万想不到：他早年宣传社会主义时“极端赞成的个人专政”，“为主义牺牲一切”(《社会主义讨论集》)，原来的流衍竟是如此的酷烈。

(《施存统的怪圈》)

于是我在想，如果施存统换一个理念会不会避免身陷怪圈？会不会可以为社会作出更多的贡献？

“人活着，得自行打点”

——《到绿光咖啡屋·听巴赫·读余秋雨》读后

十二月九日下午，台湾单身女作家张曼娟女士应凤凰读书俱乐部之约来宁为其新作举办读者见面会。她的《幸福女人造句》和《幸福号列车》顷由世界图书出版公司出版，是《绿光丛书》中的两种。据说张女士曾经是台湾文化界有名的“三高女孩”——高个子、高知名度和高学历——在台湾最易导致单身，这倒也为其人生释放了更大的文学空间。她在十多年前出版的《海水正蓝》曾连续两年位居著名的“金石堂排行榜”榜首，而两年后取而代之的，也是她的作品，所以，张女士在台湾和东南亚拥有一定的知名度。

这次我看中的是世界图书出版公司刚刚出版的《绿光丛书》中的另一种:《到绿光咖啡屋·听巴赫·读余秋雨》，由台湾资深出版人隐地先生和内地的尚海先生联袂主编。尚海在“序”中交代了该书与台湾繁体字本的差异：

早就听说台湾有一本书叫《到绿光咖啡屋·听

巴赫·读余秋雨》，而且听说这个书名在台北文化界曾经成为一句流行语。

……

我想这本书应该出个大陆版，隐地先生提出我可以根据大陆的阅读习惯，增加一些篇目，并邀我共同主编。

于是，便有了这本书。

这本书的构思确实有创意。编者将29篇文章编排在“音乐”“咖啡”“书”“电影”“舞蹈”“美术”“梦”“旅行”和“生存哲学”九个栏目里。作者都是散文高手：徐庆雯、余怡菁、席慕德、卢非易、子敏、隐地、张耀、余秋雨、林贵真、吕政达、陈黎、林怀民、蒋勋、熊秉明、冯光远、孙玮芒、游唤、米勒、黄春明以及席慕蓉。

编者把这些看似风马牛不相及的文章捆绑在一起，却意想不到地给我们带来了阅读的喜悦：这是一道展示阅读文化意境的精致拼盘。虽说在人文的疆域里它们有着各自的边界，然而它们不也可以构筑一道同样的人文风景么？席慕蓉说过，在艺术的世界里没有墙。傅雷先生也说过，所谓艺术，就是不断追求完美的过程——虽然永远无法到达。它们有着共同的人文主题——追求美。而隐地为该书写的“编后记”就叫《享受生命中的过程之美》。

隐地在“编后记”中流露出来的悲观情绪，实际上是对文化匮乏的控诉：

……在那篇文章里，有这样一句：“每个人都会败坏。”是的，食物会败坏，鲜花会败坏，人也会败坏……人生下来时，只是一个婴儿，无论如何邪恶，他仍然不会吸毒、强暴、放火、杀人……然而当人接受教育、接受喂食、接受空气和水之后，却慢慢变成一个会袭击别人的人、会陷害别人的人，以及变成一个最危险的动物，有时还成为一颗不定时的炸弹。岂止败坏，简直就是天地间的一个毒瘤。

社会阅读文化的匮乏更是不容乐观，《到绿光咖啡屋·听巴赫·读余秋雨》与其说是一本“关于读书的书”，不如说是一本创造阅读意境的书。“一本好书，不张扬，不存取悦之心，也不企求耳提面命地要你接受什么放弃什么，只娓娓地诉说，或可道破天机，却也不是编者的故意——山水有相逢，人与书的遭遇亦如是，有幸投契，是机缘的造化。”（《关于绿光丛书》），它向读者推销的是享受阅读的观念，封底的一段文字对这种意境作了极好的描述：

穿越文字阅读音乐的故事，

透过音乐聆听文字的交响,
从咖啡里品出电影的画面,
在电影里闻到咖啡的余香。

生命纷繁的细节因此而交织,
而丰腴,而甘美
恍若姹紫嫣红开遍的花园,
闲闲的漫步也好,
匆匆的一瞥也好,
总会有温润可喜的思绪浮上来,
然后,静静地,漫过全身。

如果汗牛充栋的坊间能多一些这样的书,一定会有更多的人体验读书的快乐,一定会有更多的人爱读书,一定会有更多的人懂得欣赏书。这是一个缺少欣赏的时代——并不是因为"国人其实并不爱读书",而是如今"全民知识提升,人人都成为创作者,欣赏者人口急剧减少。你不读我的书,我也不读你的书。"

我对此书尤其感兴趣的,是收集在栏目"书"中的一组文章,详细披露了余秋雨及其《文化苦旅》和《山居笔记》"着陆"并红遍台湾的过程。

近15年,余秋雨热衷于"远离城市,长途跋涉,借山水风物与历史精魂默默对话"(《山居笔记》小引),先后完成了对东方文明、伊斯兰文明和欧洲文明的考察，奉献给读者的是《文化苦旅》《山居笔记》《千年一叹》及其姊妹篇《行者无疆》等散文精品。余秋雨在大陆声誉日盛的同时，也遭遇了各种批评和非议，并有愈演愈烈之势。朱国华就曾批评《文化苦旅》的"精神实质就是一种毫无新意的感伤情调"，并说"余秋雨的散文创作是'故事+诗性语言+文化感叹'的流水生产线"。全方位批判"余秋雨现象"的文集或专著有：

《艺术的敌人——余秋雨作品批判》，作者凉源，1975年生。有评论认为："作者根本无能力把握余秋雨这一课题，致使这本书无声无息。"

而一度红火的是湖南评论家余开伟（愚士）编的《余秋雨现象批判》（湖南人民出版社，1999年9月版）及续篇《余秋雨现象再批判》，萧文林、梁建华编的《关于余秋雨——秋风秋雨愁煞人》（中国文联出版社，2000年版）等文集。它们对余秋雨现象基本持批评的倾向，许多正面评价余秋雨的作品故意不收。

《文化口红——解读余秋雨的文化散文》（周冰心、余杰编，台海出版社，2000年11月版），也是一本余秋雨批判文集，书名借鉴了朱大可批判余秋雨的文章《抹着文化口红游荡文坛》。

然而在台湾的读书界和出版界，余秋雨却大红大紫，舆论一边倒。这与隐地和他的尔雅出版社是分不开的。

虽然早在1987年台湾就有余秋雨的《中国戏剧文化史述》繁体字本，1990年允晨文化公司又印行了他的《艺术创造工程》，但彼时余秋雨文名不盛。原台北美术馆馆长黄光男读过《艺术创造工程》后，于1992年10月邀余秋雨来台湾，并为其安排了一场关于美学的讲座，“去听的人并不踊跃”。

自从尔雅出版社1992年12月出版了《文化苦旅》（在台湾销售了27版），及3年后出版了《山居笔记》后，情形就逐渐不同了。隐地先生本人就是一个地地道道的“余迷”：

> 文字的魔力，完全在余秋雨的一支笔下。旁征博引之余，他让我们不只感到气势磅礴，就连细微末节，竟然也让读者看得清澈见底。任谁只要打开他的书，就舍不得合拢。五四白话文至今，中国文坛数得出来得几支好笔，到了余秋雨，仿佛集其大成，开得繁花满树，就像他自己说的，如有神助。
>
> （《期待某个秋日午后遇见余秋雨》）

《文化苦旅》和《山居笔记》为余秋雨“在台湾打下了人人知晓的知名度”，它们和后来的《千年一叹》《行者无疆》都是靠“行走”制造了效应，是“借山水风物与历史精魂默默对话”。如果说这两本书是隐地为余秋雨着陆台岛文化舞台而准备的两张船票的话，余秋雨在台湾成为媒体焦点和文化明星则主要靠的是演讲和对话，是与现实的读者对话。1996年12月20日，余秋雨去台旅游访问一个月，虽然他企盼“最好不演讲，轻轻松松地在台湾过一阵最真实、最民间地日子”，然而终究是在劫难逃。“从师大到台大，从北一女到明道中学，从台北、台中、台东、花莲转到新竹的清华大学、高雄的中山大学，几乎绕了台湾一圈……”其间，隐地功不可没地为台湾的“余迷”创造了“亲炙文彩”“贴近偶像心灵”的机会。

隐地牵头为余秋雨安排了两场演讲，一场和《中国时报》人间副刊及历史博物馆合办，场地是可容纳将近千人的台北市政府礼堂；一场和洪建全基金会及历史博物馆合作，由3个主办单位各邀请30余位贵宾参加。两场演讲的题目分别是《旅行与文学》和《写作者的十字架》。加上历史博物馆为其安排的两场，4场演讲引来了余秋雨演讲旋风，结果，“20场左右的演讲，把行程排得密密麻麻……为了不让读者和听众失望，他的手不停地签着名，也让午夜等在福华饭店的客房门外的记者和学生进房聊天，接受采访。”读着这段文字，我真为曾经患过肝炎的余秋雨捏了一把汗。

为余秋雨风光的“台湾演讲之旅”画上圆满句号的，还是隐地。完成了原题为《记忆七问》的访谈后（收入《到绿光咖啡屋·听巴赫·读余秋雨》时易名为《余秋雨谈读书》),又趁热打铁,和一些朋友"在他耳边不时敲边鼓",由尔雅出版了余秋雨在台湾的第三本书:《台湾演讲》。这是一本根据20场演讲的内容融合、整理而成的10篇文章的结集,"名为演讲,实际上早已转换成创作"。隐地在《余秋雨台湾演讲之旅》一文中评介说:

> 只是这本新书,不像他往昔行旅大陆山水、寻寻觅觅走出来的。这本书是典型的"台湾制造"。没有台湾广大读者的拥挤,以及用鼓掌,热情的眼神……交汇成一股温暖的巨流,他不可能一场接一场地演讲不停;没有连续的环岛演讲,自然不会诞生这一本书。

确实,大陆读者对余秋雨的认识主要是来源于他的书或媒体的评介,是一个"文本余秋雨"的形象,而改变这一形象最好的方法,就是演讲,打造一个"余秋雨文化现场"。这和余秋雨所选择的"实证"的文化态度是一致的。

> 中国的文化多少年以来一直处于一种文本传递的过程中,特别是延续了1300年的科举制度,使我们大量智慧的头脑基本上是在背诵、朗诵文本的过程中消耗掉了。我们现在尽管没有了科举制度,但我

们的治学，我们的思维定势，没有太大的变化，是从书本到书本，从文字到文字。但这里面可疑惑的东西很多。一个疑问是，这文本本身可信吗？如果我们在一个计算机的时代仍然只是一个文本的继承者的话，那还要我们活生生的生命和灵魂干什么？当文本的记忆不再是知识分子的骄傲的时候（因为计算机做得要比我们好），那么，你作为一个文化人的骄傲或者说尊严究竟在哪里呢？在这种情况下，就不得不对已有的文本产生某种怀疑。这种怀疑就需要我们更多地走到文化现场去进行实证，直接或间接的实证。

（余秋雨《我选择的文化态度》，载于江苏《人事管理》杂志2001年2月号）

为了证明这一观点，余秋雨先生在南京大学演讲时讲过一个笑话：

我有一次非常偶然地在北京看到一本书，叫《新加坡戏剧》，这正好和我有点关系，但是看过之后，我大吃一惊，这小册子讲的新加坡的戏剧情况，我几乎都不知道。我在新加坡讲学时间很长，而且我几乎可以大言不惭地说，新加坡每一个剧团的每一个人，我几乎都知道。我还带过一个新加坡的博士生，他的毕业论文就是《新加坡戏剧史》。而那位先生写的书，我完全不知道，这多么奇怪！后来证明是那位先生错了。他根据朋友寄的一些报刊，就编成了这个小册子。这样的情况在论述文学时经常出现，这就出现了一个问题：是白纸黑字，但整个儿都不对；一到那个文化现场立即就可以知道这点。但是若没有那么一个文化现场，后代的学者根据这本书就糟糕了。

余秋雨的演讲之旅，打造了一个“余秋雨文化现场”，也暗合了他所选择的勘查现场的、实证的文化态度。

事实上，余秋雨对待演讲的态度是暧昧的。即使他真的想在台湾过一阵最民间的日子，“最好不演讲”，但他还是能“苦中作乐”，享受演讲带来的趣味。他接受隐地访谈时说：“新竹科学园区的‘世界先进集成电路股份有限公司’总经理繁诚先生多次恳请邀我，我也想去一次，与企业家们谈谈写作和阅读，应该是别有趣味吧。”看来，余秋雨的心理是矛盾的，那么，演讲之旅背后的他，是不是还有一些难言之隐呢？

当然，余秋雨的演讲毕竟是有魅力的，至少也丰富了他的文化形象吧！

（写于2001年12月20日）

渐行渐远情愈真

——《目送》读后

《目送》,龙应台著,生活·读书·新知三联书店,2009年版

女儿在完成语文老师布置的作业——抄录好句好段,她抄录的是龙应台《目送》中的一段:“我慢慢地、慢慢地了解到,所谓父母子女一场,只不过意味着,你和他的缘分就是今生今世不断地在目送他的背影渐行渐远。你站立在小路的这一端,看着他逐渐消失在小路转弯的地方,而且,他用背影默默告诉你:不必追。”

《目送》(生活·读书·新知三联书店,2009年版)是最近我们家父女共读的一本书,我不知道女儿为什么会选择如此伤感的话来抄录。很多事情,在不同的年龄阶段、不同的身份视角,有着不同的认知和感受,使人常读常新，这正是名篇名作的魅力所在。

记得有一次和女儿散步，她说：“我真看不出来蒙娜丽莎的微笑有什么好。”

是啊，有一些微笑，只有在你经历了一些事情以后，才能慢慢读懂，甚至一辈子都读不懂——人生是一部大书，需要你去慢慢地读、慢慢地思考。女儿似懂非懂地点点头。

我在十几年前开始关注并阅读龙应台的作品，像《野火集》《龙应台评小说》都是那时读到的，有一种吃重庆火锅让你火辣辣出汗的感觉。这部《目送》，让我们——无论是年长的还是年少的——放下匆忙的脚步，年长的可停下来回望一下走过的路，年少的可看一下先行者已经走过的路。思考一下，再往前走。

所以在读这部书的时候，时不时会不自觉地把书合上，让你快读不起来。在《慢看》一文中，作者感慨于在贵州“数十农人耕种，另有数十农人蹲在田埂上看这数十人耕种”的场景，又联想到另一个故事：

> 一个为红十字会工作的欧洲人到了非洲某国，每天起床还是维持他的运动习惯：慢跑。
>
> 他一面跑，一面发现，一个当地人跑过来，跟着他跑，十分关切地问他：“出了什么事？”
>
> 欧洲人边喘息边说：“没出事。”

非洲人万分惊讶地说："没出事？没出事为什么要跑？"

"慢跑"这个东西，在忙碌的欧洲，是让紧张的肌肉得以放松的方式，而在都市化程度较低的非洲，却令人费解。我们在追逐追求的东西，当你停下脚步时会发现，我们曾经有过，而在追逐追求的慌忙脚步中，我们已经失去了时间。那么，当初我们到底在追求什么？

收录在《目送》中的篇章，有两篇流传甚广。代序《你来看此花时》有介绍，在中国台湾、香港，以及新、马和美国等国家和地区，"流传最广的，是《目送》。很多人说，邮箱里起码收到十次以上不同的朋友转来这篇文章。在大陆，点击率和流传率最高的，却是另一篇，叫做《(不)相信》"。只有经过了风雨历练，才能以更加平和的心态，看透人生的轮回转移，看淡人间的起起伏伏，不紧不慢、不急不躁、不慌不乱地边走路边思考、边思考边走路。

（写于2013年12月29日）

写入书架积尘的“愤青”

——《愤怒书尘》读后

“看到瓦尔帕拉伊索这个地名时，我陷入了梦幻之中：乐园之谷！可我对南美又知道多少呢？乐园之谷，这不就是阳光、白沙、棕榈和身着滑稽小裙可爱的褐色皮肤女郎吗？”（《第一章　多拉大饭店》）就是因为上任后即可去乐园之谷的机缘，彼德·魏德哈斯稀里糊涂地去了法兰克福书展就职。“瓦尔帕拉伊索符合我当时的生活感觉。”虽然他想先去乐园之谷，“然后再去完成更严肃一些的工作”，可是，人生就是那么容易被异化，在以后的几十年中，他与那些“着了魔的人”一起奋斗了一生。1973

《愤怒书尘》，[德]魏德哈斯著，王泰智译，商务印书馆，1998年版

年7月3日，他当选为法兰克福书展主席，“至今仍没有离开这个位置”。

当然，被异化了的人生，并不是彼德·魏德哈斯先生“把愤怒写入书架”的缘由。异化了的人生自然没有异化了的民族更可怕。他期冀在书展工作中体现自己的属性。可是，他的心灵摆脱不了二战后整个民族的罪孽感。“犯下大屠杀罪行的是一个整个的民族，而不仅仅是个别掌权者和政府。奥斯威辛所以成为可能，是由于权力的超界，而整个权力是在一个非理性的民族的容忍和帮助下形成的。”(《第七章　曲折之路》)于是，整个民族都在反思传统文化，反思战争。

我们暂且先不管“反思”的结果，但“反思”确实使公众养成了“追根问底”的品性。“‘追根问底’在当时是一个时髦的词儿”(《第三章　在科尔多瓦登上月球》)彼德·魏德哈斯自然不例外地成了一个喜欢“追根问底”的人：

> ……我每次都在问自己，不论是在科伦坡还是在纽约，在东京，在巴黎，在波多，在卡布尔，还是在幺温德，我都在问：我们在这里到底干什么？
>
> 我总是听到同样的开幕演说，它告诫人们去读书：请读书，请读书，读书有于健康！然而就是那些大多属于中上层社会的衣冠楚楚的开幕式的客人们，也几乎都没能力去读那些展出的外文书籍，也就

是说，无法去开拓和利用其中所隐藏的信息，更不用说大门外的广大群众了！如果我们想推荐的内容，只能隐蔽着而无法公开出来，那么，这样一个消耗财力和人力的行动又有什么意义呢？

（《第二章　在这里什么叫“成功”》）

确实，世界上不知有多少书展是用“参展品种”“参观人次”“订货码洋”等一堆堆枯燥的数字堆起来的成功，因此，对书展的意义的探寻，是一个痛苦的过程。彼德·魏德哈斯付出了很大努力。比如，“找到合适的观众，把他们吸引到展览会上来”；“同有兴趣的观众进行谈话”；“确定好目标、人群以及与其相关的语言途径”；“极其注意处理好展览会场中的视觉效果，使其把观众直接引入信息”；“图像标志引起‘目标人群’的注意，促使他们来参观展览”等等，后来，他终于认识到了宣传工作要有明确的目标，要有意义。更重要的，他明确了书展工作的目标，这就是“在世界上介绍德意志文化、文学和语言，让世界和这个刻板的德意志国家及这个脆弱的德意志性格实现和解。”（《第七章　曲折之路》）

向目标迈进的过程，是一个隐藏着痛苦与愤怒的漫长历程！他的所作、所思与周遭的一切，与世界政治的大气候是那么的不协调。“我在这个国家和这些人当中，不可能有回家的感觉。他们打开了潘多拉魔盒，同时也摧毁了对人的文化属性的信任。”“在世界的某些地方，例如拉丁美洲，我有时有一种信念，觉得可以被它所接收。但在亚洲，我的全部幻想都破灭了。”(《第十五章　决断之年》)于是，我们可以理解他为什么会与匈牙利图书出版社和推销机构联合会主席、匈牙利驻东柏林大使唐波·安德拉斯结下深厚的友情。这位尽心尽职的共产党人给党中央留下一封信，于1971年12月15日默默地饮弹自杀。他写道：“闭关自守在短期内有利于维护政权，但它会导致群众的冷漠，从而最终减弱社会对帝国主义影响的抵抗力。”(《第十二章　一个共产党人之死》)

是的，他和唐波·安德拉在思想上都被纳入另类的“文化结构”当中了。1968年的文化变革，虽然在“向何处去”的问题上没有取得共识，但当时的一致意见是：审视现存的一切，打碎一切不符合变革时代精神的东西。换言之，公众开始对权威表示怀疑。“权威的缺乏使我感到困惑”(《第三章　早期的(变型)成型》)，后来，他终于对权威形成了自己的认识：“真正的权威是通过学识、真理和人格令人信服的。它通过令人信服的存在，创造了安全感，在那令人茫然失措的混乱环境中，创造一个庇护所。”(《第三章　早期的(变型)成型》)同时他也感到，“权威不论从何方面来，对我来说都是腐败的。”(《第九章　一千九百六十九》)

对权威的这一矛盾心理，使得彼德·魏德哈斯在书展工作中的处境变得尴尬。当时他是法兰克福书展外国展览部的负责人。他规定部内所有的工作人员，不分长幼一律以“你”相称，这个在当时德国劳动世界中不寻常的做法，竟意想不到地“引起了莫大的混乱、莫大的争论、莫大的误会和莫大的滥用！”(《第十一章　逃入工作》)外界认为，一个工作人员之间不分彼此、上下等级不明不白的伙伴式的集体，是无法认真工作的；内部有的雇员竟不习惯“上司”不再表示明确意见和不再发出可遵循的指示，而想辞职。当他清楚这一举措触动了德国特有的专权机制而感到后悔时，局面已不可逆转了。

然而，工序的组织还必须有一定的等级制度。他低估了常规被打破后迸发出来的能量，也低估了熟悉的反应形式被剥夺后人们所陷入的不安。结果呢，尴尬的处境出现了：

> 由于我尝试放弃专权式的高压机制，让每人都按自己的思路扩大其势力范围，所以我在这集体中也就毫不奇怪地失去了任何形式的领导手段！包括在业务上和等级序列上。为完成我作为部领导的任务，我所能做的就只有一件事了：即尽我所能尽快进入业务项目中去！
>
> (《第十一章　逃入工作》)

彼德·魏德哈斯的选择是明智的。隐藏着对等级观念和专权机制的愤怒的种种努力，虽然不断受到挫折，但最终使得他的工作与用一堆堆枯燥的数字包装起来的书展区别开来，逐步取得了成功。

> 我当初对书展工作和意义的怀疑，最终却变成我去说服别人了。原因是，在这些独裁国家中，人们对我们图书的恐惧感消失了。在书展中，我们甚至可以不受检查地向包括不懂我们语言的观众传播我们的观念。我们展示的图像和语言以及相关的主题，就是任何有兴趣的人都能够得到的信息。而且把这些精美的图书拿在手里翻阅，并努力去理解它，在感官上也确是一种享受。害怕此种信息传播的人，绝不是最愚蠢的人。而支持这种启蒙工作的人，也同样知道他们在干什么。我终于明白了，我的手中握有何等重要而强有力的手段，只要发挥它们的作用，就会取得成功。
>
> （《第十二章　一个共产党人之死》）

写到这里，我们可以理解，彼德·魏德哈斯的“愤怒”，实际上是对民族纳粹经历的愤怒，对等级观念的愤怒，对僵化与专制的愤怒。诚然，“二战的战败国对于战争反省的态度差别很大。德意志民族是深刻反省的典型，他们不仅认真地向被侵略的国家和民族道歉，也向受迫害的犹太人悔罪，因而赢得了世人的普遍尊重”（顾肃《罪感、耻感与个人道义责任》，载《社会科学论坛》2000年第8期）。说起德国的忏悔，我们总会不厌其烦地提及勃兰特的下跪，其实，我们更不该忘记千千万万的像彼德·魏德哈斯的普通百姓为忏悔民族罪孽所作的努力。作者在书中向我们描述了一个“文化经纪人”的成长历程，展现了西方“无父的一代”青年为追求人生的意义而走过的坎坷、迷茫、浪漫的路途。该书原名为《把我的愤怒写入书架的灰尘中》，译者为避免冗长，改为《愤怒书尘》（王泰智译，商务印书馆，1998年8月版），实在有些让人不明不白。

作为一门学问的古旧书业史研究

——《中国旧书业百年》评介

历史学者大概不会用“如歌”这样饱含情感的标准来衡量评判一部史著。对于“中国百年旧书业史”这一宏大选题，历史学者也许会以超然物外的态度冷眼看待古旧书业史上的实物史料和口碑史料，恪守“如实直书”“如实记载”的治史名言。然而，漫漫历史长河中推动书业文明的淘书客、卖书人，时时体现出来的可歌可泣的书友情谊、书卷气息、爱书情结和书香精神，却不是“史实”的堆砌所能揭示的，而需要热情的挖掘。徐雁先生在《中国旧书业百年》(科学出版社，2005年5月版)中对中国传统书香精神的揭示，对中国旧书业百年来发展轨迹的勾勒，我更愿意用“如歌”一词来概括。

诚如先生在卷首《弁言九章》中所言：“本书不以复述百余年来淘书客、藏书家与旧书业结缘的故事为职志。但字里行间，却对于历代文人学士与旧书业的深情厚谊往往无法回避。”(第9页)岂不知，正是这种“深情厚谊”，成为考察中国旧书业与社会文化之间互动关系的纽带。“北京民间旧书集市的繁荣与北京市中国书店各门市部旧书零售的零落形成了鲜明对比，其间的原委值得深思和探究。”（第200页）这是作者在第一章《燕京旧书业风情》中对明清以来北京旧书业的风云变幻作了长达130页的历史考察后，对当代京城旧书业的发展取向所提出的学术思考。我想，不同管理体制下书业从业者在同一历史文化载体——“古旧书”面前所体现出来的情感差异和不同的社会理念，是不是制约旧书业发展的文化因素？

作者对20世纪30至40年代的书业大事有如下一段评价：

> 在20世纪30至40年代，中国现代藏书史上的三大壮举依次是，1939年1月在上海组建“文献保存同志会”、1939年8月在上海创办“合众图书馆”，以及中国人民解放军抢运《赵城金藏》。三者均是中华民族有识之士在中华文献典籍存亡去留的关键时刻，积极抢救、大举保存民族文化的善举和壮举。
>
> （第四篇《抢救和保护旧书刊（上）》）

综观百余年来的历史，中国旧书业发展可以用“多灾多难”来形容。如果一定要划分出一个“繁荣时期”，恰恰是在这一阶段。旧书业的发达与繁荣，似乎与社会的安治、经济的贫富之间并没有必然的联系，而更多地取决于公众的个性与品性能否得到充分的张扬，人们对旧书的喜好与追求能否获得自由的诉求渠道。在社会动荡的年代，这种对旧书的喜好和追求，往往超越了个人的价值，越发具有了社会意义，即对民族传统文化的保护和对华夏民族的热爱。

第三章《近现代书厄痛史》和第七篇《“史无前例”的当代书厄》首次将百年来的中国书厄概括为“‘太平军’战争之厄”“帝国列强侵华之厄”“清末民初战乱之厄”“日寇侵华战火之厄”“中华古书外流之厄”“线装旧书化浆之厄”和“文化大革命之厄”，成一家之说。对“七厄”的梳理和分析，也进一步佐证了这一观点。社会的动荡，必然会对人们的物质生活甚至生命带来伤害，但如果知识阶层还没有遭到全体性毁灭，知识分子的社会良知和灵魂没遭到彻底虐杀，那么，反映在旧书业，书厄之痛就可能与抢救义举同时存在，“中国典籍文献聚而复散、旋聚旋散、散而复聚的痛史”（第346页），就可能演绎成一部“有识之士前赴后继地抢救、掇拾和护卫典籍文献的奋斗史”（第346页），一部弘扬和丰富中华民族精神生活的文化史。郑振铎先生是近现代“以个人的爱好和力量，数十年如一日地积极抢救古旧书刊的文化义士”（第460页）之一，巴金先生当年曾批评其“抗战”期间抢救古书，“认为不能抱着古书保护自己，即使是稀世瑰宝，在必要的时候也不惜让它与敌人同归于尽。”（第463页）但他数十年后的反省文字却对其积极意义作了充分肯定。

> ……我批评他“抢救”古书，批评他保存国宝。我当时并不理解他，直到后来我看见他保存下来的一本本珍贵图书，我听见关于他过着小商人生活，在最艰苦、最黑暗的日子里，用种种办法保存善本图书的故事，我才了解他那番苦心。我承认我不会做他那种事情，但是我把他花费苦心收集、翻译出来的一套套的线装书送给欧洲国家文化机构时，我又带着自豪的感情想起了振铎。
>
> （第463~464页）

作为书业发展史上的一种现象，我们在为郑振铎先生的人格力量所折服的同时，应当注意到，虽然巴金先生“不会做他那种事情”，但积极抢救古书的义士并不在少数。然而，如果知识分子的个人品性乃至整个社会文化，在强制性重塑的过程中，坚强化为怯弱，真诚化为诡谲，正义化为野蛮，那么，我们就不难理解何以“破四旧”以后，延至整个“文化大革命”期间，“藏书之家乃至家有藏书的人士”，风声鹤唳，草木皆兵，人人自危，何以“我国古旧书业基本上处于休克和窒息的状态”（第659页）。

作者在第七章中，对“文化大革命之厄”期间图书典籍被抢、被烧、被缴所造成的古旧书业业务的荒废和全国知识荒芜状态，作了旁征博引的详细论述。我们不妨转引姜德明先生《烧书记》中的一段文字，以与上述引文对照，从而窥见此厄对人性的扭曲。

> 女儿蹬蹬地跑上楼来报信：“爸爸，快点，人家都烧书了，不然的话要到各家来搜！”我凑到窗前往下看，火苗老高，烟味也冲到五楼来。烧书的人少年子弟多，那几位“积极分子”一边烧着书，一边还冲楼上喊着：“谁家有‘封、资、修’，谁家明白，免得挨家搜！”被吆喝的当然有我在内。
>
> （《烧书记》）

对精神的伤害已从藏书家波及其后代，但令人喟叹不已的不止于此。作者在全书九章中辟出两章专述“抢救和保护古旧书刊”，长达145页。然而，对这一可歌可泣的文化行为的歌咏，却止于商业部和文化部1961年6月5日下达的《关于加强旧书回收工作的联合通知》，此后的数十年是一片空白。与此形成鲜明对比，第七章中辟出了《公、私藏书之家在“浩劫”中的侥幸》一节，不足两页。作者用区别于“抢救”和“保护”的“侥幸”一词概述客观史实，更是令人怵目惊心、痛心疾首。

如此看来，人们在古旧书面前所体现出来的精神品格和文化理念，不仅是社会文化的反映，更受制于社会文化的总体状态。古旧书业辐射下的各色人等，虽说是书业发展的直接推动力量，但在社会文化及其体制面前，却是那么微不足道。人们对旧书的情感与理念的不同表现，都是社会文化的折射。书业的发展与衰落，无不与社会文化的发展状态相互影射。

对中国古旧书业史进行系统全面的研究，是一项拓荒性的工作。虽然前人留下了大量关于古旧书业的忆旧文字，但大多根据个人经历的感性记录。作者对1949年以前的古旧书业史研究，主要依据的是这些文献资料，书中仅脚注就达一千余条；而对于1949年以后当代古旧书业史研究，则需要作者对良莠不齐的实物史料和口碑史料作独具慧眼的收集、整理、甄别和积淀。作者三年半来足迹遍及数十家主要城市的古旧书店，“连续北上南下，仆仆于途，甚至不惜废寝忘食，夜以继日，忘情地追索着耳闻或者目睹的文献史料，系统地编述着相关的史事史实……”主要考察了“社会主义改造”“文化大革命”“拨乱反正”等重大历史事件对古旧书业的影响，大抵把握了当代古旧书业的发展脉络。

全书洋洋近108万言。“登高”方能“望远”，但作者对中国古旧书业未来的展望却十分悲观。作者在反思“线装旧书化浆之厄”的后续影响时感慨道：

我以为，根据“物质决定意识”的唯物辩证法原理，那么也许正是以木板线装书为代表的中国古书货源之由“稀缺”而渐至于“枯竭”的客观事实，制约了中国当代古旧书业自求多福的潜力和受到政府重视的契机。如今“古旧书”无论矣，所谓“振兴”和“复兴”几乎已是一个痴人说梦的口号，现实的该是如何务实地探索中国当代“旧书业”继续生存和可能发展之路了。

（第三篇《近现代书厄痛史》）

所以，本书是一部警世之作。社会大动荡的年代，往往催生着有识之士拯救古旧书业的紧迫感和责任感。可和平时期，本就多灾多难的古旧书业遭遇“灭顶之灾”也许并不是危言耸听。从“务实”的角度看，本书的诞生为更多有关学术问题的研究打下了基础。比如，中国古旧书业的传统如何，古旧书业发展的规律如何，振兴当今古旧书业的途径如何，等等。这近108万言的奠基之作，避免了让更多学术命题的探讨成为空中楼阁，可谓功莫大焉。

难以承受的“版本”之重

——《中国版本文化丛书》读后

当我拿到这套《中国版本文化丛书》的时候，虽说洋洋二百余万言，12分册，并不觉得它有多“重”。你看，从用纸，到版式设计，都不是传统的学术图书的那种套路，端庄杂拌着鲜亮，雅致中不失时尚，编者似乎是要让“版本”这一话题走下沉重的学术讲坛了。你若再随手挑选若干篇目细含慢咀，不难发现，所谓的“版本文化”，在编者们那里没有被定义为一门学问或一种门径，而是理解成了读书人心醉佳版、心仪椠人、心折椠匠的一种价值取向和文化负载，倘若此，这一打12册所凝聚的分量是不言而喻的。

确实，版本这一概念在历史文化的演变中是有一个过程的，其内涵是随着印刷技术的发展不断变化的。起初，它仅适用于雕版印刷的书籍，后来，每次印刷技术的进步都拓展了其内涵，如今，它已发展为关于同一种书籍的不同时代、不同形式的一切书本的总称了。它本身所蕴涵的文化意蕴，成为历史文化发展的重要见证。

我大学读的是图书馆学系，了解版本之学应该是分内之事。记得那年为了完成辽宁教育出版社《藏书》一书，什么《版本学》《书林清话》《中国历代藏书论著读本》等多年来购置的相关著述，都从旧藏中一一检出翻阅，收获自然不小。但对于我辈虽心仪缥缃插架，但无缘大量接触珍贵版本实物的爱书人来说，总觉得版本鉴赏之道，作为较量眼力和见识、蕴藉经验与智慧的学问，其著作如果能做到文字清新可喜、行文深入浅出、讲解图文并举，一定有益于推广版本鉴赏之道。手握《中国版本文化丛书》，更觉其可读可藏，大快吾心。

版本，俗称“本子”。如今存世稀少的“宋本”“元本”“明本”，以及藏界新宠“清本”“新文学版本”等，是将图书的时代特色作为研究对象而据以区分本子的；“刻本”“活字本”和珍稀的“稿本”，则因为印刷或抄录手段的差异，体现了不同版本的文化价值；“佛经版本”“少数民族古籍版本”“插图本”等，也因为图籍内容与形式的特殊性，成为版本文化研究中的重要专题。由国家图书馆馆长、著名学者任继愈先生主编，南京知名藏书家薛冰和南京大学徐雁教授共襄执行主编的这套《中国版本文化丛书》，按专题厘为12分册，首次系统地向版本爱好者介绍了这门“确已得到社会上的认可和欢迎”（黄永年《总序》）的学问。

清代中期学者洪亮吉曾将藏书家分成考订家、校雠家、收藏家、鉴赏家、掠贩家等几种类型。不可否认，目前喜欢版本这门学问的人群中，不乏这样的掠贩家或学问家，在“求其善价”的掠贩家们看来，版本之学是让投资获益的必备知识技巧；而在“得一书必推求本源”或“辨其版片，注其错讹”的学问家们看来，他们孜孜以求的是版本学的规律、不同版本的学术价值等。无论是版掠家或学问家，他们浸淫于版本之学的目的，是为了“求知”。这样的版本学著述并不少，比如，钱基博的《版本通义》、孙毓修的《中国雕版源流考》、姚伯岳的《版本学》、李致忠的《古书版本鉴定》、魏隐如的《版本鉴定丛谈》等，这些著述往往重史、重理、重技，而轻趣。著名版本收藏家黄永年先生在《总序》中谈到这一现象：

社会上认可并欢迎这项学问，但出版界提供的读物却不怎么多。现代人在这方面的著作只有几种教材性质的东西，不仅多数简单得有似提纲，且平铺直叙，实在谈不上有什么可读性。很惭愧，我在这方面也写过两种，一简一详，可详也不到二十万字，只能在版本演进的历史和各个地域各个时期的特色上做到科学的讲述，要生动活泼，使非专家也爱读，颇感无能为力。……

其实，黄永年先生说的“出版界提供的读物却不怎么多”，指的是那些“非专家也爱读”的读物比较少。黄先生说的“颇感无能为力”，大抵是其中的原因所在。这套《中国版本文化丛书》的神来之笔，在于选题放眼版本文化的方方面面，从而做到“理”“技”“艺”“趣”的有机结合。如果说那些晦涩的版本学著作能丰富你的版本学知识的话，这套《中国版本文化丛书》则可以提升你对书籍版本鉴赏的见识与感觉。无疑，这是新世纪“把版本这门学问从学者的书斋和图书馆的善本部中解放出来”（黄永年《总序》）的一套力作，是弘扬版本文化的精品。

记得当年郑振铎先生由于幼时收藏烟纸的爱好，移情书趣，遂蒙生了对书籍插图的偏爱，尤其是他诸多关于图书插图的论述，精辟独到，至今令人回味。所以当我拿到这套《中国版本文化丛书》的时候，便首先捡起薛冰的《插图本》，也许是因为这个专题或许更富趣味的缘故吧。

南京的书友们都知道，富藏民国图籍的止水轩主人薛冰先生，对插图本尤情有独钟。说起来，其藏书对我还有过惠助呢！那时我正为人民日报社《江南时报》（即原《市场报·江南版》）主持每周一期的“书香”专刊，时为选择刊头一事而头疼，一次与徐雁先生同访止水轩，遂借得一册民国木刻图册，拙朴天真、古色古香的版画做“书香”的刊头最是切题了！欣喜之余，征得薛冰先生的同意从中选用了十余幅作刊头插图之用，“书香版”坚持使用这一风格的刊头插图，果然颇受欢迎，据说还有书友专门收集过“书香版”的刊头呢。

薛冰先生的《插图本》,“上编”近10万言的《小史》一辑,具有拓荒的意义,但我更喜欢《掇英》一辑。该辑是对33种插图本古籍的评品,好比你进了一间历代经典插图本陈列室,即使你是一位版本盲,只要你尚存一丝惜纸怜墨之情,就一定会津津有味地随着渊博的“讲解员”,听他侃侃而谈这些发黄的、布满历史灰尘的插图本个案,讲述它们在悠悠书史中的鲜亮之处。你可以不必在意那些版本学概念的精确含义,因为等你看完这33种个案分析,什么“金陵派”啦、“建安派”啦,你一定会有了更加形象、直观的认识,

例如,相传布衣毕昇发明了泥活字印刷术,作者在介绍插图本《钦定武英殿聚珍版程式》时,谈到了活字版又雅称“聚珍版”的由来。

> 《四库全书》编撰过程中,主持其事者就已经意识到刊印全书的困难,所以好大喜功的乾隆皇帝,也只能下令抽印其中的一部分,首先是内府所藏秘籍、从全国征集所得的珍本以及从《永乐大典》中辑出的散佚典籍。当时负责这项工作的副总裁金简,是一个会动脑筋的人,他认为逐部刊刻,费时费工,而且就是以后保存刻成的版片,都是一件困难的事情。所以在乾隆三十八年(1773)十月二十八日上奏,建

议刻成一套木活字，“遇有发刻一切书籍，只须将槽版照底本一摆，即可刷印成卷”。金简并且拟出了具体的实行细节与经费预算。这个主意得到了乾隆皇帝的积极支持，当即批示：“甚好，照此办理。”并且认为“活字版”的名字不雅驯，特将其命名为“聚珍版”。此后三年间，金简不但刻成了这套木活字，而且用以印行书籍三十余种。

这种张弛适度的叙述方式，一定会让你觉得那些个附庸风雅的皇帝佬儿很有意思吧？或许你还会饶有兴味地再找本版本学专著，来研究一番这些术语的内涵呢！你会发现，聚珍版还有“内聚珍”和“外聚珍”之分。

“丛书”中的其他分册，亦有异曲同工之妙，其构件基本相似，原来，编者与作者为了提升读者版本鉴赏的感觉与见识，是颇费了一番匠心和策划的。

每一分册（《中国书源流》《少数民族古籍版本》等除外）基本上分成两部分。一是对相应版本学专题的介绍和研讨，或以史为纲，或以问题为纪，释疑解惑往往跳出了述而不作的樊篱，颇多独特的感悟，且篇幅不长，一般不超过全书的一半。

江庆柏等著的《稿本》，上篇“稿本概说”，即以问题为类目，虽只有6万字，却写得生动可读，与作者2000年由安徽文艺出版社出版的《近代江苏藏书研究》中重考据喜引文的写法有所差异。为了说明稿本的类型、稿本的价值、稿本的特征等问题，作者从图书馆的善本部搬出了明代许学夷《诗原辩体》等51部明清稿本和清代李慈铭《越缦堂日记补》稿本的影印本，差不多每千字一个彩色插图。可以说，区区六万言廓清了“稿本”这一版本学现象的诸多学术义理。《元本》《家刻本》《坊刻本》《佛经版本》等分册“上篇”的写法大抵相似，有助于读者从更广泛的文化背景下加深对这些版本学现象的感受。

每一册的另一重要构件，就是根据不同的专题，选择二三十种善本加以评品和鉴赏，如此，好似每一分册都为你准备了一间中国版本文化的专题精品“陈列室”。这些鉴赏文字并不是孤立地让你了解某一版本学知识，而是以书为载体，全面调动和提升你的版本意识与鉴赏潜能。这些珍贵的善本，由于大多深藏在图书馆的善本部中，平常一般读者是难以如此逐一细品慢赏的。

无论你是读书人、版本工作者或文化官员，徜徉流连于作者精心准备的一间间“中国版本文化专题陈列室”，相信你一定会为悠久蕴藉的版本文化而心动。日前据媒体披露，南京博物院“由于精力有限”，20万件见证文物南迁史的千箱“国宝级”珍贵藏书，一直没有被清理而封存仓库70年，其中4万册宫廷藏书有的已发霉，近百册经书甚至遭虫蛀。(《现代快报》)无论是因为什么原因，这些珍贵藏书的悲惨遭遇，说明了某些应当具有版本意识的人缺位了！想起郑振铎、阿英等著名藏书家在战争年代不惜冒着生命危险为国家抢救、收藏古籍版本的往事，可和平年代却出现了满架牙签被打入冷宫，无人问津的憾事，岂不令人唏嘘、令人心寒？再看看如今大大小小的图书馆，又有几家能将日益萎缩的购书经费合理规划，而为新旧书籍的版本选择斤斤计较？一掷千金于那些平庸的书籍，岂不也是版本意识的缺失？如果说当年雷峰塔的倒掉，是社会版本文化意识的缺位所致，真不知将来又会闹出什么样的笑话来。

可以想见，提升国人的版本文化意识，可谓任重道远，这套《中国版本文化丛书》恐怕也只是开了个头罢。

《中国版本文化丛书》图文互动，每册约随文插图近百帧。著名书法家和字画鉴定专家启功先生的题签清丽端庄、雅俗共赏。当然，源远流长的中国版本文化，远非这12本能一网打尽的，《中国版本文化丛书》要做到融古通今，“抄本”“批校本”“毛边本”等选题亦可以加盟到这一书香家族中来。

“紫眉未必胜青编”

——《我的书缘》读后

夏日炎炎，酷暑难当。静坐桌前，摊开一册尚带油墨清香的《我的书缘》，临窗观摩，心中似起丝丝凉意，炎热与烦闷慢慢遁去。

南京书友董宁文兄，长期耽溺于书海墨香，广结书缘。由其主编的《我的书缘》一书，日前由岳麓书社印行出版，记录了一个个“人因书而致雅，书因人而有情”的动人故事，可读可藏。王世襄先生的封面题签以及流沙河、华君武、范用、吴小如、周退密、周有光、谷林等文化老人的扉页和辑封题签，增添不少书香气息，速泰熙先生的装帧设计也颇具匠心。这

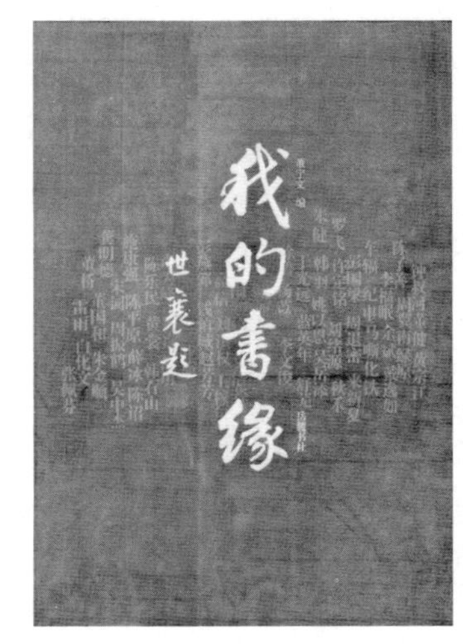

《我的书缘》，董宁文编，岳麓书社，2006年6月版

本书的问世，是董兄多年来多方联络书林，进而嘉惠书林的书缘结晶。

“我的书缘”无疑是一个好题目，读书人大概都能道出一两件书林雅事。止庵先生说，要讲“书缘”，“或为人与书结缘，或为人与人因书而结缘”（止庵《我的书缘》，第18页），但无论是哪种书缘，让人不能释怀的是那样一种真性情。

“书——维系着我与友人的联系，与远在国外的人的联系，甚至于离开我的人的联系。如果没有了书，生活该会何等枯燥。”（高莽《无声的交谈》，第44页）说出了读书人的心声。读书人以读书、藏书、写书为职事，游乎书事之囿，疏于人情世故。都说读书人的圈子小，生活单调。但有了书，生活就有了色彩，精神就有了支柱，天地变得宽敞。宋人杨万里《跋马公弼省幹出示山谷草圣浣花醉图歌》中有“人言爱书缘爱贤，紫眉未必胜青编”的话，用来比作读书人之间的书缘亦颇合适。文洁若与巴金的书缘，始于1942年，那是因为她面临辍学之际，大姐送了她一本巴金的《家》，“立刻被这部充满真诚且具强烈感情色彩之巨著吸引住了”（文洁若《我和巴金的书缘》）。所以，如果说“人言爱贤缘爱书”，似乎也无不妥。人情与书情融合，书缘与人缘交织，这便是读书人的生活本色。黄宗江是我景仰的老人，他说人生在“亲情”“爱情”“友情”之外还应有“书情”。我想，如果人的“亲情”“爱情”“友情”这“三情”能与书结缘,该是多么令人神往。《我的书缘》凡收文63篇,其中有相当一部分讲述了这种“人因书而致雅”的事情。李文俊称梅绍武与其几十年的交往,能用“书缘”二字概括(《我与梅绍武的书缘》,第27页)。这到底是“友情”还是“书情”?真是剪不断,理还乱,读书人的书缘就是这样。

有几篇写的是与书无缘的故事,读来让人久久不能释怀。于光远和华罗庚曾计划合作研究以经济生活为原型的数学研究,做了积极的准备。可由于于光远半篇《物质资料生产中的代数引论》和几本重要参考书在一次出国访问期间丢失,只得暂时放弃原先计划。再后来,由于我国学位制度等方面的原因,“文化大革命”前两人研究多次定下来的计划,仍无法付诸实施。如今,华老已随黄鹤仙去,永远离开了我们,成为永远的遗憾。吴中杰则从另一个角度叙述了“二十年最美好的年华”却成为“与书无缘的日子”,不仅具有典型意义,更具警世意义。书若有情,也一定会寂寞的。

书,从它“十月怀胎”的那刻起,便有了命运——与人紧密相连的命运。人与书的缘分,不仅反映了书的命运、人的命运,更反映了一个时代和一个国家的命运。

“吾亦爱吾庐，芸香几卷书”

——《我的书斋》两种

1983年，萧乾在73岁时终于如愿以偿地得到了一间书房。他不无感慨地说：“假如把10亿人搭成一个金字塔，像我这样享有一间书斋的人肯定是在塔尖上。”（《我总算有了书斋》）如果萧乾看到了这本刚刚面市的《我的书斋》（曹正文主编，文汇出版社，2000年12月初版）的话，一定会喜笑颜开地感叹：真是时过境迁矣！

萧乾的那篇《我总算有了书斋》，收录在科学普及出版社1998年3月出版的《我的书斋》一书中。两种《我的书斋》堪称珠联璧合，大抵反映了两个不同时代的读书人与书香人家的书斋生活。

《光明日报》原《周末生活》专刊在1985年3月23日至1988年4月23日期间开办“我的书斋”专栏，共发文68篇，后由科学普及出版社结集为《我的书斋》出版，由赵朴初题签。作者多为文坛耆宿、学者名流，大多是抗战前后即有爱书、买书、藏书的癖好，而成长起来的一代知识分子。比如萧乾、季羡林、姜德明、刘绍棠、任继愈、冰心、蒋子龙、周而复、周振甫、金开诚、舒芜、钟敬文等，都是熟悉的大家、名家。编者说，书斋“并非完全属于个人，知识分子历来与国同运。从书斋这个窗口，看国运民运、变迁兴衰、人世沧桑，不啻一面历史之镜。”是的，在国难当头的年代，这一代知识分子大多没有书斋，或者是卧室、书斋、会客三位一体，或者经历过“初极狭，才通人”的“桃花源”的境况。到了“文化大革命”的年代，却又因“书斋”而带来“书灾”。其遭遇的书厄在闻山的《安得书斋千万间》、甘惜分的《书斋和书灾》、顾执中的《书何罪兮亦飘泊》等篇什的题名中即可窥见一斑。对这一代人来说，让人能躲开一些分心的杂音而专心思考的书斋，犹如琅嬛福地一般，只是一个美好的梦幻仙境。难怪季羡林也忧心忡忡：“搞我们这一行，要想有一个满意的图书室简直比搞四化还难，全国国民收入翻两番的时候，我们也未必真能翻身。”（《坐拥书城意未足》）

“文汇版”的《我的书斋》，收录的120篇作品则以中青年读书人为主，他们大多是解放后成长起来的一代。相比之下，书在这一代人手中要幸运得多，他们一般在八九十年代拥有了属于自己的或大或小的书斋，其中还收有一篇12岁的小朋友曹骏写的《乐在小书屋》。徐中玉在《愿天下读书人都有个书斋》的“序”中总结道：“书斋已成为他们家庭文化生活甚至家庭生活的精神中枢，因为不但可以让乐于读书的不受干扰在此静静读书，便于取书、检书、写书、储些阅读的数据，可以在这里接待朋友亲切谈天，还成了家里看报、看电视、说说笑笑的好地方。几乎一切有关文化的家庭活动都可以在书斋里进行，有个非常惬意的场地了。”90年代以来，上海、南京、苏州等地都举办过规模不等的藏书比赛，涌现出一批现代意义上的藏书家和藏书家庭。他们多有作品收入其中。该书装帧精致，每篇前有作者小传和书房剪影。

季羡林说过：“中国是世界上最喜欢读书和藏书的民族。”诚然，两种《我的书斋》折射出中国文化绵延千年而不衰的精神血脉，这就是“吾亦爱吾庐，芸香几卷书”的书香精神和爱书情结。

漫步书林寻真趣

——《书林意境》读后

社会文化制度与文化心理的递衍，大抵逃不脱物极必反的规律。清代数百年的“文字狱”，孕育了清末民初以来的“西学东渐”和学术思想的空前活跃；如果没有“文化大革命”对思想文化的禁锢，恐怕也没有20世纪80年代以来的当代学人对知识的兼收并蓄、狂吞豪饮。

书评书话的创作在这一时期得到空前发展，也就是顺理成章、水到渠成的学术结晶了。手头这本《书林意境》（周维强著，江苏教育出版社，2001年6月版），是“读书台笔丛”中的一种，作者在《自序》中的一段自白，可借以观照这一时期的学界风尚：

> 我念的这所大学，是在北京，中文系又历来是强系。其时正值20世纪80年代初期之中后期，文化、教育、学术和出版界，思想活跃，学风很盛。我自己也跟着“狂吞豪饮”了大量的书，读得不过瘾，就再买回来，以便可以随手翻翻，或备不时之需。现在有

人反省20世纪80年代的学风，说那时是“浮躁”，我是不以为然的。没有那个时候的空前的思想、学风和出版的活跃（我以为那是继“五四”以后的第二个文化交流与建设的高潮），因“文化大革命”而中断的中国文化命脉，如何能够赓续得上！

作者对“浮躁”一说不以为然，换而言之为“活跃”。其实，“浮躁”也罢，“活跃”也罢，都是一种必然。

《书林意境》分“诗书随录”“书林意境”和“书里书外”三辑，共收读书随笔102篇，另有附篇《学林漫录》。从中不难看出作者读书的两个特点，一是喜杂，二是善思。

读书杂难免就不专，这或许就是“浮躁”吧——也有人用“缩略”二字来概括这个时代。你看，他不仅读新书，也读古书（如《风起云扬说〈汉书〉》）；不仅读成人书，也关心少儿图书的出版（如《少儿读物还有许多路可走》等）；不仅读晦涩艰深的理论书（如《中国传统哲学》《中国古代心理诗学与美学》《当代吴越小说概论》等），更读趣味晓畅的散文小说；不仅读董桥、黄裳、钱锺书、余秋雨等人文学者，也读郭慕孙、杨武之、杨振宁、李政道等科学家。“我喜欢读杂书”，不止跟他的编辑职业有关。

但我还是从这些散乱的阅读中看出了些许“精神的底子”（钱理群语），作者在选择、品评阅读对象时还是有自己潜在的标准的，即思辨性。“善未易明，理未易察”，而明善察理才是读书人的天职。

都说董桥的文章不剑拔弩张，不大事张扬，“精致圆熟，颇具冷峭孤僻的幽婉之势”（陈子善语），作者偏说董桥“亦剑亦箫”，让冗繁削尽的笔墨聚焦在“绿影照窗的精神别业”（董桥《新的灯影》）。他在开篇《亦剑亦箫说董桥》中说：

> 董桥有闲情，董桥有野趣，董桥怀旧，董桥也关怀现实。董桥文章中对当代商业社会与文明的批评，与法兰克福学派旅美文化批评同气相求；他借凯恩斯酒杯浇自家胸中块垒的《凯恩斯的手》，与梭罗名篇《论公民的不服从》精神深处一脉相承，只是董桥的表述更具中国智慧。

作者说蓝英年的随笔，“除了资料新，更关键的是，有发现问题的眼光和驾驭资料解决问题的能力，还有他的社会生活的感受，一句话，有他的‘新思维’”。——这大概也是作者写作读书随笔时所追求的吧！

（写于2001年12月8日）

审美也是一种批评

——《书房文影》读后

日前看到媒体关于"广告介入院士评选"现象的激烈争议。随着两年一度的中国科学院、中国工程院"两院"院士增选工作进入关键性的公示阶段，一些候选院士一改以往"被动宣传"为"主动宣传"，花钱接受媒体"访谈"或刊登个人成果，甚至部分候选人所在的单位，也主动挺身而出，出钱赞助。今年8月3日的《周末》报在"对话"版精心策划了一个专版，请一些院士和候选院士对此现象畅所欲言。科学家宣传自己的成果本身无可厚非，让科学家们揪心的是商业炒作介入学界净土而带来的不公正。

联想到我国书评界，此风亦大有蔓延之势。书评事业在一个国家的文化积累和文化建设方面至少应扮演两个角色，一是淘汰，二是审美。面对出版事业的虚假繁荣，需要书评来淘汰那些泡沫图书；而被过滤下来的精品图书，则需要书评来激活、来审美。好书是需要有人来品评和推荐的。而其中最让人担心的，莫过于书评被当作虚假广告的工具。诚然，台湾经济学家、现任美国威斯康星大学经济系教授高希均先生致力于倡导书香社会，他在《构建一个干净社会》一书中所告诫的“一个清寒的读书人，依然可以获得尊严；一个有权势而无知的人，只会得到卑视”；“我提倡家庭中应以书柜代替酒柜、书桌代替牌桌，转移上咖啡馆与电影院的金钱与时间来买书、来读书”，无非昭示了大陆书评家徐雁先生在评介该书时所说的“读书是需要一个良好的社会环境的，反过来，一个良好的社会环境，也是绝对离不开书香的环护”的理趣。

这篇书评径以《构建一个干净社会》为题收录在新近面市的读书随笔集《书房文影》(江苏教育出版社，2001年7月版)一书中。该书系作者与雷雨联袂主编的《读书台笔丛》(10种)之一。编者在《“江南犹有读书台”》这篇丛书序言中坦诚：“‘与其饱食终日，宁游思于文林’这是昭明太子在一通答友人书中的名言，其实也是我们这套《读书台笔丛》中作者们的共同精神追求。”

确实，“游思”两字至少道出了《书房文影》辞采与理趣并重的特色。记得有一则寓言，大意是说，有一个老人和小孩骑着驴去赶集，刚开始小孩骑驴，老人走路，于是批评家发话了，说小孩不尊重老人；于是老人就骑上驴，让小孩步行，可批评家又说老人不爱护小孩；老人只好与小孩一起骑驴赶集，批评家又批评道：“太不爱惜动物了。”老人与小孩便无所适从。这则寓言对所谓的批评家不无讽刺，似乎批评家的话最最听不得。

与此不同，徐雁先生在他的书评和书话中倾注了浓烈的书香情感与审美色彩，使得即使是批评也充满了理趣，字里行间洋溢着书卷气和古典美。他以爱书家的审美眼光来激活新书旧籍的人文底蕴，告诉人们美之所在。

以“怀旧书房”一辑为例，作者并没有一味地沉溺于过去，“怀旧”也就是对传统与古典进行审美。开篇是对陈志华《北窗杂记》一书的品评，作者为建筑学教授陈志华先生的“终极性人文关怀”所折服，讴歌了“建筑学的基本精神是关怀人，或者如过去所说，‘对人的关怀’”，“建筑学是一个充满了生活气息的人道主义的专业”等科学理念，从而使我们对“权力不要知识的话，知识便毫无作为”等改革开放二十多年来的建筑界现状多了些切肤之痛；《老武大的故事》剖析了老武大“学统”的内涵及其形成，他说：“这种人文传统的结晶就是‘学统’。人有血统，国有政统，级级相递、届届相传的学统，对于一座以教书育人为天职的大学府的生命意义，当然也就是不言而喻的了。”于是寄托了这样的文化忧思：“顾（学颉）先生笔下的那些含冤九天的武大幽灵们，不知在天国之中尚愿梦回此拨乱反正以后的菁菁校园否？”而《南京情调》所鉴赏的则是一种残缺的美：“南京是一座承载着太多的历史沧桑、民族灾难和百姓血肉的城市，它的情调毕竟不仅仅在六朝诗国的吟咏中，在天然江乡的欣赏中，在旧京风物的见闻中，而实应归结为‘十年生聚，十年教训’的历史鉴戒中。”这里的“历史鉴戒”也就是聂绀弩所道出的南京政治大失败的玄机所在：“南京是中国的首都，然而是腐化的首都，不足以领导全国抗战的首都。”

1999年，伍杰、王建辉遴选当代中国“书评30家”，并编选《书评30家》(华夏出版社，1999年版)，“只选50岁以下的在各领域有代表性的人物30位”，徐雁先生名列其中。《书房文影》是其继《秋禾书话》《雁斋书灯录》之后的又一部读书随笔。共收文六十五篇，分别编排在“怀旧书房”“艺文印象”和“访书屐痕”三辑中，是作者首次较为自觉地运用印象批评的方法来读评图籍的一部文集。作者在《后记》中说：“在中国并不漫长的书评史上，‘批评是一种判断’的观念曾经甚嚣尘上，而‘一个批评家应当从中衡的人性追求高深，却不应当凭空架高’，‘他要公正，同时(以)一种富有人性的同情，时时润泽他的智慧，不致公正陷于过分的干枯’(李健吾语)一调却不弹已久。这对于我们的书评文坛来说，是遗憾的。”

《读书台笔丛》首辑共十种，它是“江南读书人一次近水楼台的雅集，一届以文会友的笔会”。余为陈学勇《浅酌书海》、薛冰《淘书随录》、韦明铧《醒堂书品》、周维强《书林意境》、徐雁平《书海夜泊》、王振羽《漫卷诗书》、李福眠《天钥书屋散札》、张志强《面壁斋研书录》和董健《跬步斋读思录》。

书乡飘梦

——《徐雁序跋》读后

《徐雁序跋》，徐雁著，东南大学出版社，2003年6月版

爱书的人大都有爱读序跋的习惯。每当我们徜徉于琳琅满目的书城，序跋这种缀于卷首文末的特殊文体，往往是读者迅速了解图书旨趣的契入点；当一部著述行将付梓面世，作者也希望通过这种文体，把想对读者说的真心话，惜墨如金、殷殷切切地和盘托出。或许正是因为序跋文字对于作者与读者的重要意义，本来作为图书附件的序与跋，却一向成了作者最乐意精雕细琢的文字。

日前读到南京大学教授徐雁先生的《徐雁序跋》，我惊喜地发现，这本异形开本的自序自跋集，集中展示了书评家、爱书家的徐雁先生买书、藏书、读书、写书的治学路径，宣泄了作为学者、图书策划人以及精心鞠育“读书种子”的书文化使者的心路历程。

《徐雁序跋》收录先生的自序、自跋及策划记、编后记等凡17篇，作者将它们别为三辑。实际上，将这些著述的书名排列出来，是揭示徐雁先生十余年来著述风貌的最好方法了。首辑是其“读书随笔四步曲”（《秋禾书话》《雁斋书灯录》《书房文影》《开卷余怀》）的序跋及其策划并主编的《华夏书香丛书》《读书台笔丛》《六朝松随笔文库》的总序和策划记。虽然先生的书评书话作品，一直占据着我书架、案头的显要位置，以便闲暇时精读，藉以感知先生优美的文笔、活泼的思维和殷切的人文情怀。这次首次将它们的序跋连起来重温一遍，却意外地发现，先生一个个“三更有梦书作枕”的书乡之梦，实际上是通过点缀其间的前言后语得到寄托的。

例如，作者1997年岁末在《雁斋书灯录》的跋文中流露出了致力于养育社会“读书种子”的宏愿，希望新的一年里出现成为养育社会读书种子的优良场所的“理想书店”；他预告了自己在新年里的读写计划，希望能以其零星笔墨“为‘读书种子’的播送和养育产生几多影响”。

当作者编辑《书房文影》时，“已有意作别埋首案牍十余年的编撰生涯，立志开辟一种讲台舌耕、教书育人的新生涯。”他又梦想着将来能编集一部《江淮读书志》，以便在书评书话的写作领域总结更多的成败得失。

可见，先生的这些书话书评之作，并不是为了评论而评论。编书写书、讲台舌耕、以文会友，也许是作为书生学者弘扬书香理念的力所能及的方式了。伴随着先生的书梦之旅，我们发现，继《秋禾书话》在读书界取得较好的影响之后，作者似乎在有意编织着自己的人文理想，几乎每出版一部著述，既是对以往人文追求的笔墨了结，同时，作者在序跋中又构想着下一轮的案牍计划。这本《徐雁序跋》也不例外，不仅是对其学术生活的总结，其代序《讲书归来衣袖香》同样包含了先生新的学术期许。

可以预见，只要“人间要好书”的精神追求不变，先生一定会继续为读者奉献出新的书评书话作品来，继续为读书界策划主编出一套套读书随笔丛书。

与“人间要有好书”的出版追求相辉映的，是其为弘扬“做一个快乐的读书人”的读书观，而极力鼓与呼。关于这一价值理念的意蕴，在第二辑的序跋中得到了较为集中的阐述。先生为《中国读书大辞典》(与王余光联合主编)撰写的长篇序言即以《读书之乐》为题，可视为彰显“书香社会”底蕴的宣言书。这一观念同样在《名人读书录》《到书海看潮》《中华读书之旅》的序跋文字中得到贯穿，其实，“对书寻乐趣，观月会天机”(著名书法家华人德书赠雁斋主人联语)又何尝不是先生读书情趣的真实写照?

第三辑是先生研究中国藏书史和文化史的著述、编著和译著作品的序跋，关于藏书史、文化史、文献史的研究，是先生重要的生活版块之一，从源流来讲，无论是“人间要有好书”的文化观，还是“做一个快乐的读书人”的读书观，都是“万金之富，不以易吾一日读书之乐”的中国传统书香血脉的延续。

本书的另一个重要特色，是作者为这些粗略反映其著述概貌的序跋，精心选配的七八十幅图片与释文。它们随文错落其中，成为一大亮点。释文短则三四十字，长不过二百字，却字字珠玑，饱蘸感情，激活了图文之间的互动关系，为先生的学术生活作了生动回顾。这些图片亦可别为三组。

第一组记录了先生从周岁到大学毕业，反映其“成长和长成”的镜头。其中从小学二年级到五年级“成绩汇报单”中的老师评语，颇堪玩索。作者在北京大学图书馆学系求学时，是北大学海社的首任社长，他在一张纪念学海社十二周年的社员合影旁感慨道：“俗世迷惘多。屈指试数，身在书林，心系学海，尚余几男几女？”面对往日书海弄潮的旧影，经书海淘汰，如今各奔东西，所留无几，难怪先生感慨系之。

接下来的一组反映了先生从北京大学取得学士学位以后，埋首案牍、书友论道、舌耕讲坛、编读书稿和积极参加社会活动的身影。例如，作者为《书房文影》的序跋所选配的图片，为喜接书友电话之影，其解说云：“约稿喜讯到雁斋，新旧世纪之交，将近两年来的书缘作一结束，此亦吐故纳新或辞旧迎新之意欤？”

2000年夏，雁斋被南京市文化局等单位评选为“书香之家”——“南京市家庭读书示范户”。第三组图片虽为数不多，却不可或缺，它们生动地记录了书香三代家庭读书、藏书、著书的图景。作者为女儿六岁时在书房的留影注云：“天灵灵，地灵灵，我家小妞读书灵。”耳濡目染于氤氲书香之家，岂有不灵之理？

不难看出，先生作为评论家其老辣的文笔，在此得到了再现。这些图片和释文，记录了先生学术成长的历程和学术活动的镜头，是可以抽取出来而加以串读的。

《徐雁序跋》系苏州藏书家王稼句先生策划主编的《书人文丛·序跋小系》之一，由东南大学出版社2003年精印出版。首辑12种，所选各家均学界名流，余为施蛰存、黄裳、夏志清、舒芜、姜德明、钟叔河、隐地、董桥、陈子善、陈平原和王稼句。丛书装帧雅致，尤其是随文穿插了大量图影与小六号黑体字的释文，颇富创意。

注册“徐门”是福缘

——《书林掇拾录》序

《书林掇拾录》，蔡思明编，郑州大学出版社，2015年7月版

书香馥郁的《书林掇拾录》，是南京大学教授徐雁先生（笔名“秋禾”）及其研学弟子们的一份集体作业。多年来，徐教授指导他的研究生们流连书林、悠游学海，十余年来，出自他门内的书文化方向的硕士研究生就已学成毕业了数十位，为当今任重道远的阅读推广领域贡献了有用之材，其中有的已经成为所在出版社、图书馆的业务骨干。

说起与徐先生相识，也是一段因书结缘的佳话。1990年夏，我刚从南京大学图书馆学系毕业分配至南京邮电学院（现南京邮电大学）图书馆工作，适逢一位中学同学到南大来找我，于是，比我低一个年级的热心学弟陈亮便把他带到了南邮来。在我宿舍中，陈师弟见我书架上的藏书与其有许多是重合的，便把我推荐给了刚刚从北京调到南大出版社工作的徐先生，就此成为《中国读书大辞典》（王余光、徐雁主编，南京大学出版社，1992年版）的编务。

暑来寒往，二十多年过去了，从当年《中国读书大辞典》的编务，到与徐先生联袂担任《中华读书之旅》（海燕出版社，2001年版）第三卷的主编，到独立编著《藏书》，共同出入南京街头的新书店、旧书摊，并一起参与各种省内外的阅读推广活动……说起来，我也是因《中国读书大辞典》结缘，由书评书话写作而入于书林之道的。在南邮工作二十余年，虽然我有过多种工作岗位，但对书籍的那一份情意，始终萦怀于心。2012年下半年回到校图书馆的岗位，顿生回归"本我"之感。

我对徐先生一直钦佩不已的，是他早在北京大学求学之时，似乎就明白了自己的文化使命，那便是无论世事如何变幻，要始终不渝地为中国书文化事业坚守并耕耘。自大学毕业以来，他不仅自己出版了《秋禾书话》《藏书与读书》《中国旧书业百年》等二十多种书评书话和书文化研究著作，而且还悉心培养了一大批热爱读、写的书香种子，其中有正式注册徐门的研学弟子，也有在社会其他岗位上慕名请益的私淑弟子。

以“书之书”的读写来培植学生的书业技能，提升弟子们的书文化情意，是徐先生教书育人的一个显著特点。对于刚入门的弟子，因本科学习阶段的基础多有不是图书馆学专业的，因此，如何让学生们尽快了解目录学、文献学、阅读文化学及编辑、出版、图书评论等领域的知识技能，不仅是学生，恐怕也是为研究生导师所感到苦恼的。假如不能较快地解决好专业入门问题，很多学生的研学兴趣就会受到影响，学习自信就会动摇。为此，徐先生经常引用北京大学金开诚教授的名言：“读为基础，想为主导，落实到写。”

“读”什么？徐先生会结合学生的原有的知识基础特点，为其推荐一部适当的书文化作品去精读，以便循序渐进，进而由此及彼，触类旁通，通过“结网读书”，进一步阅读同一作者的其他作品或其他同类、同主题的书评书话作品。“想”什么？就是在读书的过程中，要求结合自己的知识积累和生活阅历，在时间和空间中选“点”切入，进而由点到线，“悬疑—解疑”，最后提纲挈领，进一步落实到作文上，在读写过程中深化并升华自己的思考，提高自己的文字表述能力。

总之，以“书卷气”来培育学生的专业主义精神，体现了徐门的学风。有人说，人与人之间，只要气场近了，事就成了。中外古今的书籍不是无声无息的，读书人与读书人之间是有气场的。所以，让学生接受书卷、徜徉书林，亲近读书人，才能激励学生在书业领域不断耕耘、创造机遇、获取成功。为此，徐先生还经常带学生游学各方，创造机会，引导弟子们见识并参与各种学术活动，有的得以参与会务工作并撰写综述，有的得以在会上展示自己的读写成果，有的得以访谈专家学者，有的得以参与读书报刊的编撰，有的得以出入大馆名社进行暑假实习……

我想，作为研究生导师，他如此不厌其烦为弟子们铺路搭桥，恐怕不仅仅是为了给学生们获得作者的签名本，并广结人脉，更主要的，是让他们在结识书人、参与书事的过程中，感受书卷气场，涵养书香情意，深化读写情意。近年来，徐先生及其弟子、朋友们热情地收集着各种造型的书偶，以之作为全民阅读推广的教具，发挥见贤思齐的人文功能，必将开辟书文化研究的一重新境界。

在第一时间捧读这部徐门出品的书评书话集后，我更深入地了解了徐先生的坚毅精神和徐门教风。我虽无缘及门受业，但私淑于“徐门”，闻道于先生，如今又得以为本集作序，可谓荣幸之至。是为序。

（写于2015年1月26日于南京）

秋窗同听六朝松

——《六朝松随笔文库》读后

2002年4月，凤凰读书俱乐部的《开卷》月刊迎来创刊两周年庆典，著名出版家范用先生在一个春风骀荡的下午，应邀与漫画家方成先生一道专程赴宁座谈。记得他忆及与同道一起创办《读书》月刊的经历时，说过这样一番话：当年他们是三五个高中生办了一份让研究生喜欢看的杂志，而如今，研究生办的不少杂志，却故作高深，连高中生都看不懂、不愿看。书界前辈一针见血、痛快淋漓地道出了盘亘在诸位与会书友心头的文化悖论，引起了强烈共鸣。

如今有这样一套高品位的，以教育史和书卷文化为主题的随笔文库，或凝重或洗练或灵动的文字，竟然在满眼符号的职业排字师傅的眼里变得有了意义，以至让他们暂时忘记了是在干着枯燥乏味的录入校对，不知不觉地放下手头的工作，兴味盎然地读了下去，心甘情愿当了"书奴"。这套书就是东南大学百年华诞前夕，由该校出版社精心策划组织，奉献给广大读者的《六朝松随笔文库》。

老实说，当我在当年3月31日在南京江心洲紫光田园，参加“文库”的最后一次编委会，席间听着这位排字师傅不无激动地对编委们表露着他“利用工作之便”得以“近水楼台先得月”的阅读快感时，委实有些将信将疑。但这番话毕竟是对作者、编者、策划者和出版者最好的精神鼓励了。实际上，近一个月来仅先锋书店就销售了100余套的市场业绩表明，这套书确实有着较好的亲和力。同时也再次验证了我的一个观点：“人天生是懂文化的——高雅文化由于忽视亲和力才越来越远离大众。”

《六朝松随笔文库》首辑共12种。每册卷首冠以“自序”一篇，而无丛书总序。有心人细细把玩，会发现徐雁《开卷余怀》卷末的《六朝松下书味长——〈六朝松随笔文库〉策划记》一文，可视为“文库”的点题之笔：

> “六朝松”存世已有一千四五百年的历史，如今依然根植于东南大学校园之内，它是六朝古都的“圣树”，更是南京城市乃至东南文化历劫不废的精神象征。

于是，我们可以由此分析，通过“文库”表现出来的亲和力，实际上是由多种“分力”合成的：“百年校庆—六朝松—文库”共同支撑起了一片文化天地。你可能因为关注百年校史，进而动念看一看这棵位于东南大学梅庵旁的六朝遗物，去体验一下古松“主干的劲拔，冠盖的虬曲，筋节的斑驳，枝叶的萧索”（薛冰《藏书票上的六朝松》）带来的心灵震撼，甚至进而喜爱上冠以“六朝松”品牌的随笔文库了；你也可能因为不经意在坊间觅得了这套“文库”，进而在心头形成了“六朝松”情结，甚至开始关注起中国的现代教育史来。

薛冰先生在《金陵书话》的开卷之作《藏书票上的六朝松》一文中阐述了“六朝松”的文化意蕴。

一件石雕艺术品，完成之际，可以说是它生命的开始，也可以说是它生命的定格。此后在时光的消磨中，随风消瘦，随雨剥蚀，决无再生的能力。而那一株松树，却在不声不响、不忮不求、不屈不挠地生长着，一直长到身高三丈、腰围八尺；一直长到色如古铜、干若精金；一直长到形神俱佳、物我两忘，仍在虚心地接受大自然有意无意地雕琢，至今还是一件没有最后完成的艺术品。

如此漫长的成长历程，在这个浮躁而速朽的年代，遭受冷落自不足为奇。这株生于六朝的古松得以长存，或许正因为当年的僻处一隅。如果它生在宫殿里，生在闹市中，生在要道旁，只怕早已灰飞烟灭。

所以它注定只能成为精英文化的一种标志。

六朝古松的一圈圈年轮，是这座城市历史的见证，是东南大学百年校史的见证，也是百年来学风人心、思想学术的见证。太多的风风雨雨，太多的坎坷沧桑，是镌刻在古松年轮上的文化密码。“文库”在精神上与此是同根同脉、相融相通的,都是“精英文化的一种标志”。

还是让我们来浏览一下《六朝松随笔文库》首辑的目录吧:白化文《承泽副墨》、潘树广《学林漫笔》、陈子善《海上书声》、王余光《读书随记》、徐雁《开卷余怀》;薛冰《金陵书话》、龚明德《昨日书香》、徐重庆《文苑散叶》、王稼句《秋水夜读》、薛原《滨海读思》、于志斌《山海文心》和王振宇《书卷故人》。

前5种的作者,是朝夕作息于南北高校中的专家、学者,他们品藻人物、评骘书林,往往厚积而薄发,读者诸君“如口啖青橄榄,须得久嚼,乃可得其隽永旨味。”

后7种书的作者,则是笔墨酣畅、文思敏捷的作家、评论家。读他们的文章,“或如盛夏品柠檬茶,虽然酸口,却能沁入心肺,清凉怀抱”。

记得在那次编委会上,我曾建议,这套随笔文库如果加印一些套装毛边本,并配以印有“六朝松藏书票”的纸质刀片,限定编号发行,一定很有意思。确实,这样的书是需要手持裁纸刀,慢慢裁、细细读的。

(写于2002年5月29日,《六朝松随笔文库》12种,雷雨、秋禾主编,东南大学出版社2002年5月版)

附　录

实现阅读推广的个性化服务

——访南京邮电大学图书馆馆长钱军

编者按　2016年是中宣部、国家新闻出版广电总局等部门倡导和开展全民阅读十周年。新世纪以来，“全民阅读”已逐渐形成社会氛围、越来越深入人心，不少人文社会科学工作者更是走在了引领全民阅读的前列。阅读如何改变民众生活？未来如何进一步提升全民阅读的质量？中国社会科学网记者对参与全民阅读推广活动的南京邮电大学图书馆馆长钱军进行了采访。

记者：不少学者提出，与历史上的中国社会相比，“现在的中国人不如古人爱读书”；或认为较之其他一些国家（尤其是发达国家）相比，我国的全民阅读率偏低。但采访中也有人表示，并不是民众不爱读书，只是社会没有提供他们阅读条件，不能满足其阅读需求。您如何看这些观察以及由此得出的结论？您是否做过一些反映民众阅读状况的调查？有怎样的发现？

钱军：关于国民的阅读状况，我觉得要放在特定历史时期经济社会发展的大背景下来加以考量。国民的阅读素养，不仅是个人的事情，更是一个国家文明程度的标志和民族自觉的重要指标。

从历史中国来看，"耕读传家"确实是我国古人推崇的民间传统。耕田可以事稼穑，丰五谷，养家糊口，以立性命。读书可以知诗书，达礼义，修身养性，以立高德。三国、魏晋南北朝时期，为避乱世而"退而独善其身"的读书人，多归隐深山老林负耒耜而耕读。如诸葛亮（约181—234）在刘备"三顾茅庐"前，就在南阳郡邓县隆中（现湖北襄阳古隆中）过着躬耕陇亩的耕读生活。我国历朝历代还留下了很多劝学诗。如唐朝颜真卿写有："三更灯火五更鸡，正是男儿读书时。黑发不知勤学早，白首方悔读书迟。"宋代宋真宗有："富家不用买良田，书中自有千钟粟。安居不用架高堂，书中自有黄金屋。取妻莫愁无良媒，书中有女颜如玉。出门莫愁无人随，书中车马多如簇。男儿欲遂平生志，五经勤向窗前读。"元代翁森留有一首歌咏读书情趣的诗《四时读书乐》，将一年四季都视为读书的好时光，勉励人们勤奋读书。然而在古代，由于经济社会条件的限制，读物的品种、读书的普及面、阅读设施的开放度等等，与现在相比，还是有差距的。

当然，从现实中国来看，我们的阅读设施建设与发达国家相比，也还有很大差距。比如，在英国，一英里内必有图书馆；全世界每年阅读书籍数量排名第一的犹太人，每4500个犹太人就拥有一个图书馆，而在以犹太人为主的国家以色列，平均6个人就订有一份报纸。因此，我国的阅读现状与发达国家相比，不仅仅是公共阅读资源与设施的不足、不均衡，其他如未成年的阅读现状不容乐观，阅读内容良莠不齐、需要积极引导和扶持，全民阅读工作缺乏统一规划、组织保障和经费支持，网络对传统阅读的冲击等等，都应引起足够的重视。

记者：无论是国家层面还是文化界、学术界，从本世纪初，就大力倡导全民阅读、终身学习等生活方式，如2000年，我国就将12月设为“全民读书月”，2006年中宣部等部委发起开展“全民阅读”活动，2013年“全民阅读”进入立法……而一些地方社会也纷纷发起如建设书香家庭等推动全民阅读的活动，建立便民阅读亭等，在您看来，从国家到地方的这些政策与举措的引导和推动，在社会上产生了怎样的影响力，尤其是这十年来，有哪些明显的改善？就您所了解的情况来看，哪些地方在这方面开展的工作成效比较不错，值得推广的？您本人发起或参与了哪些有利于推动全民阅读的工作？

钱军：放眼海外，发达国家在上个世纪30年代之前基本已经完成了全民阅读立法。代表性的全民阅读法律有美国的《卓越阅读法》《不让一个孩子落后法案》，日本的《关于推进儿童读书活动的法律》，韩国的《读书振兴法》《读书文化振兴法》，俄罗斯的《民族阅读大纲》等，均以立法的形式保障了国民阅读能力的提高与积累。

全民阅读在我国的兴起，经历了一个自下而上的过程。大约在上世纪末本世纪初，一些先知先觉的有识之士，就开始注意到阅读对于一个国家和民族的重要性。例如，中国“新教育理念”发起人、全国政协副秘书长、民进中央副主席朱永新先生，一以贯之地坚持用教育的理念去推动阅读。2002年9月，他在江苏昆山启动了以“营造书香校园”为核心的“新教育实验”，在中国22个省市的200多所学校开展。

中国出版集团公司总裁聂震宁先生，在2007年全国政协十届五次会议上，作为第一提案人，与30位全国政协委员联名提出“开展全民阅读活动，设立国家读书节”的提案。2013年全国两会期间，115位政协委员联名签署了《关于制定实施国家全民阅读战略的提案》，建议政府立法保障阅读、设立专门机构推动阅读。

再如，北京大学的王余光教授以及南京大学的徐雁教授，被学界称为阅读推广的“北王南徐”。他们早在1993年就联合主编了我国第一部以“读书”为主题的百科辞典《中国读书大辞典》(南京大学出版社)，该书的问世标志着我国的阅读研究进入了社会学与文化学领域。作为高校教师，他们身体力行地为建设“书香校园”而奔走着，不仅在三尺讲台上传授阅读的知识，还走出校园，向图书馆馆员、大中小学师生传播阅读的正能量。

近年来，全民阅读得到了我国党和政府及社会各界的高度重视，引起了强烈反响。2007年10月，党的十七届六中全会审议通过《中共中央关于深化文化体制改革、推动社会主义文化大发展大繁荣若干重大问题的决定》，明确提出要“深入开展全民阅读”。2008年10月，中国图书馆学会发布《中国图书馆服务宣言》，其中提出：“图书馆努力促进全民阅读。图书馆为公民终身学习提供保障，促进学习型社会的建设。”2012年11月，党的十八大报告明确提出要“开展全民阅读活动”。2013年8月，全民阅读立法列入国家立法工作计划。2014年3月5日，全国人大第十二届二次会议首次将“倡导全民阅读”写入政府工作报告。2015年3月，李克强总理在全国两会作《政府工作报告》时指出，要让人民群众享有更多文化发展成果，倡导全民阅读，建设书香社会，这是继2014年两会之后，再次将“全民阅读”写入《政府工作报告》。

在党和国家的号召下，“全民阅读”在社会上掀起阵阵清风，“阅读”不再只是一个形式和口号，全国各地都为构建书香社会而努力。2014年11月27日，江苏省第十二届人民代表大会常务委员会第十三次会议通过了《江苏省人民代表大会常务委员会关于促进全民阅读的决定》。

2015年3月1日,《湖北省全民阅读促进办法》开始实施。全民阅读工作在我国逐步纳入法制化、常态化的轨道。

各级政府出台的种种政策和举措，首先有助于进一步规范政府行为，形成了以政府为主导，自上而下的阅读浪潮；其次，社会阅读设施近年来不断得到改善，如农家书屋、社区图书馆、地铁图书馆、城市阅读空间等逐渐遍布；第三，在全社会营造了一种良好的阅读氛围，无形中向民众传播着阅读理念；第四，向社会传递着正能量，有助于社会主义核心价值观的贯彻。

作为“开展读书活动、创建书香校园”的一个组成部分，2010年10月，我们南京邮电大学图书馆创办了阅读推广导刊《书林驿》。表面上看这只是一本有形的刊物，但实际上是以我们的很多活动、很多导读工作做支撑编撰出来的。当时是怎么想到创办这个刊物的呢？ 2013年，中国图书馆学会图书评论专业委员会在全国的图书馆中发起“馆员书评”征集活动，就是要求馆员先要读书，然后写书评，向读者推荐好书，把能够推荐好书的能力作为馆员业务素养的一部分。当时全国共有八九家单位来承办“馆员书评”活动，有高校馆，也有公共馆，我们馆也是承办单位之一。活动举办后，效果完全超乎我们的预料，全国共征集到四、五百篇征文，仅我们一个馆就征集到约一百篇。我们馆邀请了一些馆外专家对这些征文进行了初步评审，总体质量确实不错，但不可能都获奖，如何对大家的积极性给予充分的肯定和鼓励？我们便萌生了一个想法，那就是编印一份馆刊，通过刊物把这些书评推荐出去。很快的，在2013年上半年开展了馆员书评活动后，2013年下半年，我们的第一期试刊号就推出了。我们对这本刊物的设想是：立足于校园，不限于校园，希望我们的刊物能够在全国范围的高校里产生辐射作用。我们认为真正的教育不只是知识，而更重要的是文化素养和能力。对于一所学校而言，校园文化是非常重要的软实力，它有利于走出校园步入社会的学生们终身学习，有利于他们建立书香家庭，有利于和谐社会的构建。

记者：从理念、设施、举措等方面来看，目前各地开展引导、推动全民阅读的工作对于满足人们的文化需求，还有哪些不足或有待改进完善的？如何提升全民阅读的质量，让全民阅读真正深入人心，成为一种生活风尚，而非一阵风运动？

钱军：从目前社会各界推广“全民阅读”的工作现状来看，要让“全民阅读”真正深入人心，其根本在于阅读推广机制的完善。

首先，要推进全民阅读工作从“运动式”向“常态化”转型。也就是要统筹调配人员、经费、机构、组织、考核、评估等各种资源，建立一套自上而下、有效可行的活动机制，让“阅读推广”成为民众生活中可持续开展的常态化形式之一。例如，相关单位可以成立专门的阅读推广团队，有了这样一个专门的部门和一批对阅读推广工作热心尽力的人员，一定可以更好地整合各类型资源，把常态化的活动开展得更加有声有色。

其次，阅读推广工作要从“抓眼球”转向“抓效果”。有声有色的“抓眼球”式的活动，固然有其作用，但阅读推广的根本目的，是为了切实培养国民的阅读兴趣、形成良好的阅读习惯、掌握必要的阅读技能，让阅读成为大众生活的一部分。现在很多阅读推广机构所开展的盛大开幕式，是否可以将耗费在这部分上面的经费、人力等资源节省下来，更多地去落实到后续能够让读者直接受益的活动中来呢？而要让读者受益，最重要的一条就是要采取区别于传统工业化或计划经济思维的互联网思维模式。即实现个性化服务的思维，针对不同读者的不同需求提供服务。即便目前还无法实现一对一的服务，但必须按分类、分众、分级的思路，有针对性地开展阅读推广工作。阅读推广工作不能成为面子工程、形象工程，要“不求轰轰烈烈，但求润物无声”。

中国社会科学网记者　张清俐

（原载中国社会科学网，2016年2月12日，网址http://www.cssn.cn/gd/gd_rwhd/gd_mzgz_1653/201602/t20160212_2863777.shtml）

骋怀书海信可乐(后记)

钱　军

与书结缘,笔墨耕耘,一晃已经二十多年了。

1986年,我高考时填报的第一志愿,便是南京大学的图书馆学专业,这一人生选择,从此奠定了我的发展轨迹。南宋诗人王迈《送族侄千里归漳浦》诗云:“愿子继自今,书田勤种播。”如今所获成绩虽然微不足道,游目书卷、骋怀砚田的那份情感,却与日俱增。诚如王羲之《兰亭序》云,游目骋怀,信可乐也。

隶书王安石诗句斗方,钱军书

贫者因书而富,富者因书而贵。

书卷趣味,从根本上说,是一种精神上的趣味和美感,它根植于淘书、访书、藏书的乐趣。在淘、访、藏的过程中,书便有了生命。藏书的增加、书房的扩大,便与“贫者因书而富,富者因书而贵”的人生成长年轮相印证。读书之家、文化之士的藏书，似乎不应追求市场价值，不应作投资发财之想，而应着眼于自己的专业爱好和职业兴趣，挑自己喜欢的和需要的来买。如果用金钱来衡量藏书的价值，即便是书香盈室的珍本，也成了铜臭四溢的俗物。

近年来，全民阅读率持续走低，大抵与网络阅读的兴起，访书、淘书的机会越来越少不无关系。将淘书之乐、藏书之趣融于工作与生活之中，是培养人们近亲书卷，养成书香趣味的必由之路。本书上辑“书斋风铃”中的一组文章，是我关于书卷趣味养成的研习心得。检视自己的近万册藏书，如果要提炼几个关键词的话，“书”“读书人”“书法”可能是出现频率最高的几个标签吧。

藏书的目的，是为了阅读、为了使用。所以，“读书之乐”是文化人精神生活的另一层内涵。1982年，中国现代文学学者、书刊收藏家唐弢先生所写七绝《偶成》云：“平生不羡黄金屋，灯下窗前长自足。购得清河一卷书，古人与我说衷曲。”夫子自道出其读书治学的人文生活情意，令人折服心仪。因而收录在本书中辑“书林采香”中的几篇文章，旨在为全民阅读、书香人生摇旗呐喊，当时写着就不免心虚，不知能否引起读者共鸣。但有关的思考，也不妨立此存照，以为引玉之砖。

何谓“书香人生”？恐怕言人人殊，难以有个一致的说法。于我则选择心仪的文人学士的散文、传记以及“读书之书”来阅读品评，却是领略和建构“书香人生”的一个通道。于是也就有了下辑“书签在册”的若干篇章。通过读写，我感受到了北宋程颐夫子所谓“明诸心，知所往，然后力行以求至”的中国传统人文精神，享受到了心灵的宁静与舒畅。

临习书法也是我读书生活的一个组成部分，因而在书稿杀青付印之际，选择了少量有关的书法作品作为补白之用。非常感谢“全民阅读书香文丛”三位主编，将我的书稿收入丛书，使读者有机会对我的读书趣味、阅读理念和写作风格有所了解，使我得以总结性地检视一番多年来的笔痕墨迹。

最后，还要特别感谢徐雁教授在百忙中抽暇为本书赐序！感谢上海科学技术文献出版社编辑胡欣轩先生和王茗斐女士为本书编校付出的辛勤劳动！感谢南京邮电大学图书馆蔡思明老师帮助校对并选配了部分照片！

2016年2月3日于金陵龙江小区月光广场寓所